BUDBÄRAREN

Spänningsroman

Kristoffer CRUZ Andersson

Gud som haver barnen kär
se till mig som liten är

Tillägnas minnet av
Cinderella Blixt

©Kristoffer Cruz Andersson
Förlag: BoD - Books on Demand, Stockholm, Sverige
Tryck: BoD - Books on Demand, Norderstedt, Tyskland
ISBN: 978-91-7699-317-0

DEL 1

Tills döden skiljer oss åt

~ ETT ~

TVÅ TABLETTER. Han kände efter mot den svullna kinden och såg sedan fundersamt ner på tabletterna som vilade i handflatan. Nej, här behövs nog tre, minst. Han pressade ut en tredje ur förpackningen, tog dem till munnen, förde huvudet till kranen och svalde ner med det kalla vattnet. Vred av flödet och studerade en stund den svullna ansiktshalvan i badrummets spegel.

Svullen, rödrosig. För att inte tala om värken då bedövningen nu börjat släppa.

Han var glad över att tanden var ute. Den envisa visdomstand som irriterat honom så länge. Visst kunde han hantera lite smärta men det här. Han skakade på huvudet. I mer än en timme hade tandläkare Memeth dragit, slitit. Böjt och bänt.

"Grova rötter på denna jäkel" hade han sagt och visat upp den brunfärgade äckliga tanden.

Jack Molin drog det rufsiga mörka håret ur ögonen. Han hade låtit luggen växa sig alldeles för lång. Även bakom öronen och i nacken hade det börjat locka sig.

Skäggstubben var några dagar gammal och var inne i det stadiet att det börjat klia.

Lite som en rebell, skröt han för sig själv. Lite farlig ser jag nog allt ut.

Han log och skakade på huvudet, tog lite lotion och smörjde in den ömmande kinden som mer och mer övergick i en blåare nyans.

Klockan hade närmat sig lunch. Hela förmiddagen hade gått till spillo. Han bestämde sig för att laga ihop något ätbart lite snabbt och sedan se till att få lite arbete uträttat.

Kanske äta framför datorn, tänkte han medan han genomsökte den glest alternativa kylen. Tillslut bestämde han sig för att göra två varma smörgåsar i ugnen. Lite ost fanns där kvar. Likaså en skinkbit, två champinjoner, en lök. Jo han skulle nog få ihop lite stuvning för två smörgåsar åtminstone.

Med ugnen på tvåhundra grader började han hacka löken. Sedan champinjonerna. Skinkbiten nöjde han sig med att slita i bitar i händerna innan han föste ner det hela i en skål. För säkerhets skull luktade han lite extra på matlagningsgrädden men bestämde sig för att den var fortsatt användbar. Han rörde om med en slev, kryddade med salt och peppar.

Över två skivor bröd bredde han ut det. Täckte stuvningen med hyvlade remsor av den sista osten och toppade det hela med Oregano.

Ingen superkock, funderade han men nog skulle det duga åt honom.

Efter att plåten skjutsats in i ugnens varma valv funderade han på något drickbart. Han lade handen mot kinden, kände värken. Lite alkohol vore på sin plats, tänkte han. Trots det faktum att han knaprade smärtstillande. En öl, hur farligt kan det vara?

En Corona fick det bli. Det var han värd efter en sådan morgon.

Med smörgåsarna rykande på en tallrik och en skummande öl satt han sig framför laptoppen i det lilla arbetsrummet. För att vara en fyrrummare kändes lägenheten ändå trång. Ett mindre kök, ett någorlunda stort vardagsrum. Men de två övriga var inget att skryta med. Det ena rymde hans hundrafem centimetersäng, en byrå och två mindre garderober. Det andra ett skrivbord, en skrivare och en bokhylla.

Dags att arbeta, tänkte han medan den första tuggan slank ner för hans strupe.

Född som snickarson. Men de fotstegen var aldrig något han tänkt följa. Han var för övrigt inte särskilt händig. Inte som sin far en gång hade varit i alla fall. Nej, skrivandet var hans kall. Eller åtminstone hade han fått för sig det. Han levde på det, nätt och jämnt.

Efter avslutad examen på journalisthögskolan hade han inte arbetat väl för ansträngt. Samlade på sig det senaste av nyheter genom flödet på sociala medier. Varje måndag satt han sedan och sammanfattade sina intryck av de folkliga toppnyheterna, skrev ner dem i sina krönikor. Först på tisdagen skickade han några av dem till en rad olika nyhetsbyråer runt om i landet.

Och likt alla andra tisdagar lyckades han sälja samtliga. De flesta lades ut samma kväll i tidningarnas nätupplagor och nyhetsflöden samt att de trycktes i morgondagens blaska. Det var för enkelt, tänkte han för sig själv medan han mejlade iväg några nya krönikor. Även dessa hade han skrivit för fyra dagar sedan men valt att vänta med. Idag, lördag, skulle de hamna på nätet och imorgon kunde han njuta av dem i morgonblaskorna. För enkelt, log han.

Förvisso, han blev ingen miljonär på kuppen men visst skulle han klara av den kommande månadshyran utan större problematik.

Han lutade sig tillbaka i kontorsstolen och stoppade den sista biten smörgås till munnen. Medan han sköljde ner den med det sista av den nu ljumna ölen såg han ut genom fönstret.

Det hade börjat snöa igen. Från sin takvåningslägenhet såg han hur flingorna virvlade ner över taket på grannhuset. Det hade redan börjat skymma och decembervinden piskade mot fönstret. Skulle snön komma för att stanna denna gång? tänkte han. Tidigare snöfall hade inom det närmaste dygnet förvandlats av solens strålar till slask och en gråsmutsig gyttja.

Klädd i mörka mjukisbyxor och en urtvättad grå t-shirt med Nike-loggan kände han sig aningen frusen. Kanske var det tanden, tänkte han, ställde ifrån sig den tomma flaskan och lade handen mot den ömmande kinden. Kanske var det den som gav honom frossa.

En varm dusch skulle nog göra susen. Sen kunde han ju tända en brasa i den öppna spisen i vardagsrummet. Det var alldeles för länge sedan han använt den. Hur han än försökte kunde han inte dra sig till minnes för när det var.

I köket nöjde han sig med att vaska av tallriken, bestämde sig för att diska den och det porslin han använt vid frukosten vid ett senare tillfälle. Nu hade han bara den varma duschen i tankarna.

Badrumsspegeln immade av ångorna innan han hunnit ta av sig kläderna. En vältränad kropp doldes där under. Flertalet timmar på gymmet, en och annan cirkelträning i grupp. Han tyckte om det, ett sätt att koppla av, koppla bort tankar och spänningar från att sitta större delen av dagarna nedsjunken framför en dator.

Han lät det varma vattnet rinna ner längst den hundraåttionio centimeter höga kroppen, mjuka upp den stela nacken. En tatuering prydde hans högra överarm. Porträttet av hans mor, hennes ansikte. Femton år hade passerat sedan cancern vann den sista kampen, en kamp hon utkämpat under en alldeles för lång tid. Hon dog en söndag, mindes han. Själv var han bara femton år vid tidpunkten. Nej, det var inte sant. Han var fortfarande bara fjorton om man skall vara noggrann. Hans femtonårsdag inställde sig två dagar efter moderns bortgång.

Strålarna upphörde och han sträckte sig efter ett rött badlakan, virade det om midjan och ställde sig framför spegeln. Bakom dimman dolde sig det skäggiga ansiktet. Nej, han orkade inte genomföra den där rakningen, inte i dag heller. Dessutom tyckte han liksom tidigare anblickar att det ändå var lite tufft. Vad löjlig jag är, sa han sig när han upptäckte hur han studerade den än så länge rätt glesa stubben.

Medan brasan i den öppna spisen tog sig proppade han i sig några fler värktabletter, tog en öl ur kylen och passade på att för dagens sista gång titta igenom mejlen. Han log. Just som han förutspått så hade större delen av hans krönikor accepterats av diverse olika nyhetsblaskor. Endast en hade ratats. En bra arbetsdag, tänkte han och firade genom att läppja på ölflaskan.

Med brasan fullt sprakande, ett sken över större delen av hans bokhylla som täckte hela den ena långväggen, satt han stillsamt i soffan med benen vilandes i divanen. Med öl nummer tre vilandes i handen, en dålig amerikans film på tv:n och en domnande värk i övre käken försvann han sakta in i en dröm om tandläkartänger och roterande borrar.

PRECIS SÅ som han förutspått låg inte snön kvar på marken. Snön som kvällen innan så vackert täckt varje trädkrona, hustak, busskur och gatsten med sitt vita täcke. Istället stänkte den gråvita sörjan runt bland bilarnas framfart. Gående längst trottoaren skakade då och då av slasket från sina skor innan de mödosamt tog sig vidare genom dess blöta terräng.

Med en rykande kopp kaffe stod han och såg ut genom köksfönstret. Det blir kanske ingen riktig vinter i år, sa han sig och suckade. Har den inte kommit än så kan den lika gärna hoppa över denna omgång.

Munnen och käken värkte värre idag, nästan outhärdligt. Flertalet värktabletter hade passerat men inget verkade riktigt bita, om än dämpade det något.

Han slog sig ner vid det lilla köksbordet, ställde koppen framför sig tog fram sin mobiltelefon och gottade ner sig i Aftonbladets nätupplaga. Hans krönika om den senaste tidens upptrappningar av aggressionerna på den Koreanska halvön, intrigerna och hans egna tankar om den minst sagt karismatiske Nordkoreanske ledaren Kim Jong-Un. Han skakade på huvudet. Tänk att folk faktiskt ville höra hans åsikter, att de fortsatte att läsa, kommentera och dela hans krönikor på sociala medier. Men glad var han för det, det betydde pengar in på kontot.

Han såg på den lilla klockvisaren i skärmens högra hörn, straxt efter nio. Nej, tänkte han, jag kan lika väl äta frukost och se på nyheterna på tv. Har jag tur är det någon bra gäst i soffan.

"Jävlar" sa han när han öppnade kylskåpsdörren. "Jag skulle ju handla med".

Nå ja, tänkte han, det värker ändå för mycket för att äta. Kaffet fick duga så länge.

Lagom till nyhetssändningen halv tio. Han lutade sig tillbaka i soffan och följde med intresse rapporteringen om två mord i en småländsk by, ett älskande par som fram på morgontimmarna hittats mördade i varandras armar.

Tillsammans, nakna, i sängen? tänkte han. Tala om iskallt mördande.

Han såg nästa krönika framför sig, hur han på måndag skulle grotta ner sig i småländska svartsjukeintriger, utanföräktenskapliga förhållanden och syndande bestraffningar.

Han förstod i denna stund inte hur rätt han hade. Och inte heller hur indragen han skulle komma att bli.

~ TVÅ ~

KROPPARNA VAR kvar i sängen. De tidigare vita lakanen lyste nu röda av blod, indränkta och på sina ställen hade de redan börjat torka.

Kvinnan sittandes, den nakna kroppen lutande mot sänggaveln, huvudet lätt framåtlutat, med uppspärrade ögon, stirrandes ut i tomma intet. Möjligen kunde man avläsa en blå nyans i de nu svarta valven. Hon var täckt till midjan med det tunna, blodstänkta täcket. Ingångshålet var beläget alldeles under det högra bröstet, för övrigt inga skrytsamma behag. Hennes hår lika rött som blodet som nu färgade hennes bål och vidare ner på täcket och lakanen.

Kommissarie Jenny Valentin studerade noga hennes kropp.

Redan vid halv fem hade jourtelefonen ringt. Yrvaket hade hon svarat, mumlat ut orden, medan hennes underställde, Inspektör Nico Wester, berättat om dubbelmordet i den lilla staden Åseda, norr om Växjö.

15

Hon tog ännu en klunk av det ljumna, nu en timme gamla kaffet. Otäckt, tänkte hon, både morden och kaffet.

Mannen låg ner bredvid kvinnan i sängen. Med armen om hennes nakna kropp och med ingångshålet i bakhuvudet. Hade den kanske gått rakt igenom, tänkte hon. Fastnat i sänggavelns bruna träram? Det visste förstås teknikerna som surrade runt henne. Tog sina fotografier, antecknade, med handskar petade, pillade och nyfiket vände på den ena ledtråden efter den andra.

"God morgon Valentin", sa Nico Wester och sträckte över en ny pappersmugg med nybryggt kaffe.

"Jo, god morgon", svarade Jenny, tog emot kaffemuggen och insåg att hon nu hade två expressmuggar i sina händer. Hon ställde ifrån sig den gamla på en byrå nära sig, antog att denna inte var avgörande för utredningen. "Vad har vi hittills?"

Nico tog en klunk ur sin mugg. "Vidrigt mord", inledde han. "Verkar som om gärningsmannen väntat i bakhåll." Han tog ännu en klunk. "Sedan har han inväntat rätt läge att slå till. Som om han velat visa något med sin handling. Väntat tills de hamnat i säng, låtit dem hålla på med sitt ett tag, sedan skridit till verket."

"Varför?"

"Bra fråga", inflikade Nico. "Har du sett på klottret på väggen?"

Jenny nickade. "Ja, men vad betyder det? Är det gärningsmannen?"

Frågan var dum, det insåg hon. Klart det var gärningsmannens verk. Skrivet i blod, troligen blod från någon av eller båda offren. Smetigt, hastigt, tänkte hon.

"Jag skulle gissa på det", svarade Nico. "Visst kan något av offren ha gjort dem. Försökt förmedla ett meddelande innan de sakta dött men med tanke på skotten, sättet de dött på och det man kan tyda från deras respektive positioner vid själva avlossningen är det inte troligt att de kunnat utföra det."

Jenny nickade. "Nej, det utgår jag också ifrån." Hon läppjade försiktigt på det varma kaffet medan hon tydde meddelandet på väggen ovanför sängen.

22014

"Någon idé om vad det betyder?"

Nico ryckte på axlarna, sneglade på siffrorna fundersamt.

"Kan det vara datum?"

"Vad? Den andra i tjugonde?" log Jenny.

Nico skakade på huvudet och skrattade kort. "Nej, men tjugoandra i... äh, nej jag vet inte." Han suckade. "Kan en siffra saknas? Eller är det någon form av kod?"

"Det ser slarvigt utfört ut" tillade Jenny. "Allt annat ser väldigt iscensatt ut. Kropparna, deras ställningar. De håller till och med varandras händer."

"Ja, se där" noterade Nico först nu.

"Så varför utföra vad det nu är på väggen så slarvigt?"

De båda studerade konstverket en stund.

"Han kanske..."

"Eller hon" rättade Jenny honom.

"Okej, han eller hon... " Nico log mot henne. "Kanske inte räknade med att blodet skulle hinna bilda rinningar innan det torkat? Eller så fick personen bråttom att lämna platsen?"

I samma stund kom rättsläkare Jan Evert in i rummet, såg förbryllat på de nakna kropparna i sängen, den stora samlingen blod på lakanet och det mystiska klottret på väggen.

Sur som vanligt valde han att bara nicka mot Kommissarie Valentin och Inspektör Wester och närmade sig sedan brottsplatsen med trötta steg.

"Han var ju munter" flikade Nico.

Jenny bara skakade på huvudet.

"I sin vanliga ordning då." Hon drack det sista av kaffet. "För att få svar om gärningsmannen haft bråttom att lämna platsen behöver vi veta vilken tidpunkt offren bragdes om livet och jämföra med tiden då larmet inkom." Nico nickade instämmande. "Vem larmade?"

"Grannen. En kvinna i lägenheten under denna. Sa att hon hört något som hon uppfattade som skottlossning."

"Så ingen ljuddämpare då."

Nico skakade på huvudet. "Nej, hon ska ha vaknat av det första skottet, lagom för att höra det andra avlossas."

"Okej, jag vill ställa några frågor till henne." Att besvära Jan Evert var inget ment, han var sur av naturen och de hade arbetat tillsammans länge nog nu att hon visste att den mannen arbetade både bättre och fortare om han fick göra det ostört. "Vi får låta tekniska göra sitt, Jan också. Vi ses på stationen sen och går igenom vad vi har."

Nico instämde med en nick. "Jag ska ta några fler bilder." Med digitalkameran i handen lämnade han henne för att fotografera paret i sängen än noggrannare.

Jenny lämnade lägenheten och knackade på dörren till lägenheten ovanför. Namnskylten avslöjade en V. Andersson. Men ingen dörr öppnades. Hon knackade igen. Ännu några sekunder dröjde innan hon hörde hur låset vreds om och dörren gläntades.

"Fru Andersson?" Jenny visade sin polisbricka.

Den äldre kvinnan nickade och breddade öppningen.

"Kriminalkommissarie Valentin" sa Jenny, sänkte brickan och stoppade den i skärpet. "Jag har några frågor. Kan jag komma in?"

Kvinnan öppnade dörren helt men banade inte väg för Kommissarien. Istället granskade hon henne noggrant under några sekunder.

Det långa ljusa håret uppsatt i en slarvigt knuten hästsvans. Det smala ansiktet med de vackra kindbenen, de grönblåa nyanserna i ögonen och de små men söta läpparna. Kommissarie, tänkte kvinnan. Hon ser ju inte ut att vara en dag över trettio.

Under den uppknäppta skinnjackan blottades en vit blus, nedstoppad i svarta jeans som följde de långa benen ner till ett par grövre, troligen vadderade, kängor.

"Man är lite skärrad och försiktig". Men en kvinnlig polis skulle hon väl kunna släppa in. Hon vände sig om och lät dörren stå öppen.

Jenny log, stängde dörren efter sig och följde kvinnan in i köket.

"Jag förstår det", svarade hon. "När sånt här händer är det lätt att man inte känner sig trygg."

Kvinnan pekade mot en av trästolarna vid köksbordet.

"Slå dig ner. Kaffe?"

Jenny gjorde som kvinnan bad men avfärdade vänligt kaffeinviten. "Lite för mycket kaffe denna morgon", log hon.

Klädd i en beige blus, vad som verkade vara någon form av fejkat jeanstyg som underbyxor, och röda

19

sandaletter. Med vitt stripigt hår, på sina ställen tunt. Glasögon av den rundare modellen. Hon slog sig ner mitt emot Kommissarien.

"Fru Andersson..."

"Säg Vera" insisterade kvinnan.

"Vera" började Jenny om. "Kan du berätta om natten?"

Vera såg ut genom köksfönstret, sedan åter på Jenny.

"Ja, ni förstår" började hon. "Jag tycker det är otäckt hur det har blivit. Hela samhället. Och nu, en liten stad som denna. Eller stad och stad, för kommissarien är det väl snarare en håla." Hon log. "Vart är ni ifrån?"

"Stationerad i Växjö. Det är även där jag bor."

Vera nickade.

"Kan du berätta om natten?" Jenny ville inte småprata. Hon ville höra Veras utsaga så att hon kunde åka tillbaka till Växjö och påbörja utredningen. Dessutom hade ett förflutet i Åseda börjat göra sig påmint.

~ TRE ~

HEMMA I Nyköping följde Jack Molin nyheternas rapportering med spänning, men endast små inslag från dubbelmorden i Småland visades. Polisen har ännu inga konkreta kommentarer gällande varken personerna, motiven eller händelseförloppet, hette det.

Men nog skulle han kunna fylla en krönika om händelsen under veckan, tänkte han medan han kluddade ner namnet på Kriminalkommissarien i sitt anteckningsblock. *Jenny Valentin.* Vackert namn, tänkte han. Och vacker kvinna.

Han vred huvudet åt sidan och studerade henne medan hon trofast och uppriktigt svarade på de många reportrarnas nyfikna frågor. Han undrade hur gammal hon kunde vara? Såg inte ut att vara en dag över trettio men ändå, hon var ju kommissarie. Det brukar väl ända ta några år att ta sig dit?

Han sträckte sig efter kaffekoppen på det vita soffbordet. Jenny Valentin var ur bild, inslag av den senaste tidens dalande skolresultat visades. Jack lutade sig åter fram till bordet, tog upp fjärrkontrollen och

21

knäppte av tv:n. Med den vackra Kommissarien fortsatt fastsvetsad på näthinnan stirrade han en stund på den svarta skärmen. Han log för sig själv. Hur länge var det nu? tänkte han. Han kunde inte minnas när han senast var intim med någon. Måste ha varit den där Sara? Hon som följde med honom en kväll efter krogen. Han drack åter en klunk ur kaffet. Det måste vara flera månader nu?

Han skakade sedan på huvudet och reste sig ur soffan. I köket öppnade han kylskåpet. Ett kylskåp som fortsatt ekade tomt. Käken värkte mindre efter de smärtstillande han tagit tidigare. Natten hade däremot varit hemsk.

Vad ska jag äta?

Han suckade, stängde kylskåpsdörren och drog istället ut lådan där han förvarade sina proteinprodukter. Han skulle ju ändå träna, tänkte han. Varför inte en shake innan? Så kunde han ju handla efter träningspasset.

Medan han återvände till vardagsrummet, skakades på en shake av vatten och vaniljpulver, tänkte han återigen på de besynnerliga morden. Varför var Ordningsmakten så förtegen? Och Åseda? Han hade aldrig tidigare hört det namnet. Här behövdes research, tänkte han. Om det skulle bli någon krönika av det.

Hans uttryck avslöjade att shaken inte var lika god med vatten som den var med mjölk. Motvilligt svalde han ner den. Den smakade mest blaskig. Och inte kände han sig mätt heller.

Nej, han behövde verkligen handla.

POLISKOMMISARIE JENNY Valentin klev in på sitt kontor inne på Polishuset i Växjö. Trött efter att ha blivit väckt i den tidiga morgontimman drack hon det sista ur den uppfriskande koppen med kaffe innan hon ställde den på skrivbordskanten. Hon slog sig ner i stolen och släppte ut det ljusa håret ur sin uppsatta snara.

Hon suckade, slöt sina ögon och lutade sig bakåt. Medan hon drog ett djupt andetag såg hon morgonens offer framför sig. Deras märkliga ställning. Som om det hela var iscensatt.

Vilken mördare spenderar tid på att organisera sina offer på det sättet? tänkte hon. Det måste vara någon form av budskap i det.

När hon drog in ytterligare ett djupt andetag upptäckte hon att den bekväma stolen och hennes egen trötthet hade en alldeles för avslappnande inverkan. Hon öppnade sina ögon, gäspade i handflatan och lutade sig åter fram mot skrivbordet just som polisintendent Ragnar Jansson knackade på hennes redan öppna dörr.

"God morgon, Jenny" inledde han. "Hur mår du?"

"Trött" svarade hon. "Men annars mår jag prima."

Ragnar nickade och steg in i rummet för att sedan slå sig ner i Jennys besöksstol. "Vad har vi?"

"Mord" svarade Jenny och gnuggade sina trötta ögon. "I allra högsta grad." Hon skakade på huvudet. "Två offer - skjutna på nära håll medan de troligtvis har älskat..."

"Skjutna då de befunnit sig i bostadens säng?" frågade Ragnar som inte hunnit med att sätta sig in i fallet.

Jenny nickade.

"Fy fan."

"Det kan man lugnt säga. Gärningsmannen - eller männen - måste ha inväntat paret. Gömt sig någonstans i lägenheten." Hon drog håret ur ansiktet och lutade sig bakåt. "Iskallt måste personen..."

"Eller personerna" log Ragnar.

"Korrekt. Hur som helst har man inväntat att paret kommit hem, klätt av sig och sedan - med stor sannolikhet - inlett en sexakt innan det att man valt att skjuta dem båda."

Det knackade återigen på dörren och Nico Wester uppenbarade sig i dess öppning.

"Stör jag?"

"Inte alls" sa Ragnar och visade med hela handen att Nico skulle slå sig ner i stolen intill hans. "Kommissarie Valentin informerar mig om morgonens mordfall."

Nico slog sig ner i stolen.

"Så Jenny" sa Ragnar. "Fortsätt."

"Vart var jag?" sa hon och dolde återigen en gäspning i handflatan. "Ursäkta. Jo - sexakt, skjutna."

"Vad får er..?" frågade Ragnar och såg på Nico och sedan tillbaka på Jenny. "Vad tyder på att gärningsmannen redan befann sig i lägenheten då paret kom hem?"

"Vi drar den slutsatsen efter att ha förhört grannarna" sa Nico. "En man - en Erik Karlsson - ska ha festat med paret på Bistro under kvällen. De slog sällskap hem och medan paret gick in till sig så tog Erik några glas vin på sin balkong. Från dennes balkong - på nedervåningen - sitter man i direkt anslutning till trapphusets ingång. Enligt Eriks vittnesmål ska ingen ha äntrat bostadskomplexet efter dem."

Jenny såg förvånat på Nico. "Några öl på balkongen?"

Nico nickade.

"Det måste ju för fan ha varit minusgrader inatt."

24

Nico log och nickade instämmande. "Jag sa aldrig att han verkade intelligent."

Uppenbarligen inte, tänkte Jenny.

"Hörde denne Erik skottlossningen?" frågade Ragnar.

Nico nickade.

"Han ska sedan ha försökt att ta sig in i parets lägenhet men dörren var låst. Detta försökte han medan Vera Andersson - en annan granne - larmade polisen. Patrullen som anlände först till platsen ska sedan ha slagit in dörren" fyllde Jenny i.

"I lägenheten var köksfönstret öppet" fortsatte Nico. "Det vetter mot byggnadens baksida och det är med stor sannolikhet genom där som gärningsmannen tagit sig in och sedan ut."

"Och inga spår?" frågade Ragnar. "DNA - fotavtryck - saliv - hår eller hud vid fönstret?"

Nico skakade på huvudet.

"Inget vi fått fram i nuläget" svarade Jenny. "Jan arbetar där i detta nu och vi hoppas att han och teknikerna säkrat något vi kan använda oss av."

"Så det ser mörkt ut i detta läge?"

Både Nico och Jenny suckade innan de nickade instämmande.

"Något mer?" undrade Ragnar.

"Ja, dessvärre" svarade Jenny. "Det verkar som så att gärningsmannen organiserat om offren efter det att de mördats."

Ragnar höjde ögonbrynen och såg förvånat på Jenny.

"Organiserat om? Som i flyttat på dem?"

Jenny nickade. "Ja, men inga långa förflyttningar. Men offren höll varandra i hand samt att kvinnan var lutad mot mannen som i en kärleksfull ställning. Som om gärningsmannen velat dela någon form av budskap."

"Är ni säkra?"

"Inte på budskapet" svarade Nico. "Men offren har helt klart flyttats efter det att de dött. Ställningarna stämmer inte överrens med blodstänk på väggarna eller vinklarna på ingångshålen."

"Vad skulle det vara för buskap menar ni?

Jenny skakade på huvudet. "Det är det vi ska ta reda på."

"Det är en annan sak också" fortsatte Nico. "Den mördade kvinnan är identifierad som hyresgäst av lägenheten. En Emilia Rosén - född 1982. Jag har just underrättat hennes anhöriga. Föräldrarna är på väg till tekniska för att säkerställa identifieringen."

"Och mannen?" frågade Jenny som tills nu varit omedveten om offrens identitet.

"Enligt grannen - Erik Karlsson - ska mannen ha presenterat sig som 'Raggarn'. Det var också allt han visste. De ska aldrig ha träffats tidigare."

"Då får vi invänta provsvar då" sa Ragnar.

"Dock ska Emilias föräldrar inte heller ha känt till denne 'Raggarn'" fortsatte Nico. "Enligt dem fanns det ingen man i Emilias liv."

Jenny höjde ögonbrynen och lutade sig åter fram i stolen. "Så vi talar om ett engångsligg?"

Nico ryckte på axlarna. "Det verkar inte bättre."

KOMMISSARIE JENNY Valentin skummade igenom det första utlåtandet från kriminaltekniker Jan Evert. Hon var hemma i sin trerumslägenhet i centrala Växjö.

Med dämpad belysning i vardagsrummet och med tv:n på låg volym i bakgrunden läste hon färdigt Jans rapport medan hon avnjöt det rykande kvällsteet. Iklädd ett vitt linne och pyjamasbyxor. Det ljusa långa håret hängde ner bakom öronen. Koncentrerat läste hon igenom det dokument som Jan sänt henne på mejl tidigare under kvällen.

Jan bekräftade deras teori om att offren flyttats. I övrigt stod inte mycket mer än det som Jenny redan visste. Dödsorsaken - kaliber på vapnet - antalet avlossade skott - vinklar hit och vinklar dit.

Jenny skakade på huvudet och stängde ner laptoppen. Hon sträckte ut nacken och masserade den ömt. Hon var stel. Stel och trött. Återigen en helg utan ledighet. Återigen en lördag förstörd av arbete. Hon lutade sig tillbaka i den mjuka soffan, zappade sig fram på tv:n och fastnade tillslut vid filmen Drömmarnas Fält.

För en stund fastnade hon i Kevin Costners läckerhet och i karaktärens fasta beslutsamhet att färdigställa och behålla sin baseballplan. Medan legendernas spöken hemsökte och underhöll i spännande matcher tänkte hon återigen på mördarens meddelande.

22014

Vad ska det egentligen symbolisera? funderade hon. Enligt Jans rapport var sannolikheten att något av offren lämnat meddelandet nästintill obefintlig. Det betydde att det var mördaren som skrivit det - med offrens blod dessutom.

Hon rös medan hon tänkte på det. Mördaren måste ha väntat - troligen i garderoben så som spåren i rapporten

27

indikerade - medan paret inlett sexakten för att sedan i tur och ordning skjuta dem. Därefter har mördaren lagt dem i en kärleksfull ställning - omfamnade av varandra, hand i hand med sammanslingrade fingrar. Och som sista touch på sitt verk - fem siffror skriva med offrens blod på väggen ovanför dem.

Hon skakade på huvudet medan hon lade sig ner i soffan och lät huvudet vila mot den inbjudande soffkudden. Vilken sjuk människa kan vara så iskall? tänkte hon medan hon drog pläden över kroppen. Vem det än är eller vad motivet än må vara så tillät mördaren det att ta tid. Utan minsta rädsla eller oro att polisen skulle hinna dit.

Det är verkligen kyligt utfört, tänkte hon som sista tanke innan John Blund drog henne till sig.

~ FYRA ~

UNDER TIDIG morgontimma satt Jack Molin och skummade igenom Aftonbladets senaste nyheter. Med ömmande tandvärk hade timmarna av sömn blivit få. En rykande kopp nybryggt kaffe stod på bordet och i bakgrunden drog TV4 igång sin nyhetsmorgon. Utanför vardagsrumsfönstret blåste vintervindarna med sådan kraft att glaset gång på gång skallrade. Ny snö hade fallit under natten och Jack hade viss förhoppning om att denna omgång skulle bli liggande - åtminstone resten av dagen då termometern visade på minusgrader för första gången denna decembermorgon.

Allt som rapporterades om de småländska morden från gårdagen var att polisen fortsatt stod utan gärningsman - inte heller ska de ha haft någon misstänkt för dubbelmordet. Han hade för lite på fötterna för att skriva en krönika om morden.

I en artikel på Aftonbladets nyhetssida visades ett fotografi på Kommissarie Jenny Valentin. Där kunde man även se presskonferensen där sagda Kommissarie

29

tålmodigt svarade på gamarnas - ibland oprofessionella - frågor. Jack vevade klippet om och om igen.

Hans bestämda åsikt från gårdagen om att Kommissarie Jenny Valentin var en mycket vacker kvinna kvarstod. Hon blev om än mer vacker för var gång som han vevade inslaget på sin Ipad.

Han pausade då hennes ansikte zoomades in. Det var något med hennes ögon då namnet Åseda nämndes. Kanske inbillade han sig bara men nog blev Kommissariens ögon något mörkare var gång en reporter sa namnet på den lilla byn. Som om ett mörker dolde sig bakom de grönblå ögonen.

Det skulle bli intressant att följa denna vackra kvinna, tänkte han och lade ifrån sig surfplattan. Väldigt, väldigt intressant.

ATT STIGA upp med tuppen en söndag var tråkigt i sig - att dessutom behöva skrapa is från bilens rutor gjorde det hela än värre.

Den isande vinden som rufsade om Kommissarie Jenny Valentins hår fick henne att huttra och skaka medan hon skrapade bort den sista isen från framrutan på sin Volvo. Hon bannade sig själv för att hon fortfarande inte inhandlat ett par nya och mer rejäla handskar istället för de stickade vantar hon fått av sin mor för ett antal vintrar sedan.

Medan bilen fortsatte att brumma öppnade hon förardörren, steg in och tog av sig vantarna medan hon väntade på att bilens AC skulle få bort den ihärdiga imman från rutans insida. Hon satte händerna mot munnen och blåste frenetiskt ut den värmande luften från botten av sina lungor. Vintern har verkligen slagit till nu, tänkte hon och skruvade upp volymen på radion. Tre minuter senare kunde hon äntligen lägga i växel och backa ut från parkeringen.

Anledningen till att hon ville in till stationen i tidig otta stavades Erik Karlsson - vittnet som under kvällen festat med offren. Hon var inte säker på att den saken var riktigt uppklarad. Hon hade varit så trött under gårdagen att hon inte tänkt riktigt så klart och skarp som annars var hennes kännetecken. Med några timmars sömn och ny energi hade såväl tanken slagit henne vid morgonkaffet.

Hon parkerade på stationens parkering, slog av motorn och klev åter ut i kylan. Hon log då hon gjorde upptäckten att den lojale kriminalinspektören Nico Wester redan parkerat sin Golf några stenkast från henne. Då skulle hon inte behöva göra sig besväret att ringa efter honom för att dela med sig av sin nya teori.

Efter ett antal nära-döden-upplevelser över parkeringens isiga asfalt var hon såväl inne i byggnadens värmande korridorer. Efter att ha hämtat en kopp nybryggt kaffe hängde hon vinterjackan, mössan och halsduken över klädhängaren på sitt kontor och slog sig ner i stolen.

Utanför var fortsatt mörkt och blåsigt. Det var första advent, påminde hon sig. Hon ville minnas att det någonstans i kontorets många skåp doldes en adventsljusstake. Hon såg fundersamt på skåpen och bokhyllorna. Frågan var bara var? Hon skakade på huvudet och smakade av kaffet. Det får jag ta tag i vid ett senare tillfälle.

"God morgon Jenny" sa Nico och stack in huvudet på kontoret. "Jag trodde inte du skulle komma in så tidigt idag?"

Jenny ställde ner koppen framför sig. "Hej Nico. Nej, det ingick inte i mina planer heller men jag några frågor som gäckat mig under morgonen."

"Morgonen?" frågade Nico och såg ner på sitt armbandsur som visade att den närmade sig halv åtta. "Du menar snarare under natten?"

Jenny log medan Nico satte sig i en av besöksstolarna.

"Så, vad är det för frågor som gäckat dig?"

Jenny tog åter koppen, svalde ner en ny klunk och stirrade sedan en stund framför sig.

"Den här Erik Karlsson" sa hon.

"Den balkongsupande isbjörnen?" log Nico.

"Ja" skrattade Jenny. "Först och främst - han är fortfarande en galning som väljer att dricka på sin balkong vid minusgrader."

Nico instämde med en nick.

"Men frågan är om han verkligen gjorde det?"

"Du menar?"

"Ja. Jag var så trött igår att jag inte tänkte klart. Men vi var nog inte tillräckligt observanta. I vanliga fall hade jag tagit in denna Erik Karlsson till förhör omgående. Vi missade det igår."

Hon fick medhåll av Nico.

"Du har rätt. Han borde i nuläget vara vår huvudmisstänkta."

"Paret - som uppenbarligen inte kan ses som ett par längre - går in i sin lägenhet." Nico lyssnade och nickade. "Säg att de inte låser dörren om sig. De sätter omedelbart igång med sin kärleksakt... och vad?"

"Kärleksakt?" log Nico.

"Ja?"

"Är du inte lite pryd, tant Valentin?"

"Visst - de sätter omedelbart igång med att slita av varandra kläderna och kasta sig i säng. Bättre?"

Nico skrattade medan Jenny irriterat tog en ny klunk kaffe.

"Eller så kortar du ner din analys och säger helt enkelt knulla."

Jenny såg än mer besvärat på Nico, tog ett djupt andetag och fortsatte sedan.

"Visst - Utan att låsa dörren om sig så kastar de sig in i sovrummet och börjar knulla. Nöjd?"

Nico log och nickade imponerat.

"Erik Karlsson kan lika väl ha gått in, skjutit dem, placerat dem på det sjuka sätt som vi fann dem och sedan låst dörren, klättrat ut genom fönstret och upp på sin balkong. Väl ute i trapphuset bad han den nyvakna Vera att larma polisen medan han själv började sparka och slå på Emilias dörr."

Nico satt tyst. Det var en mycket möjlig teori. Visst skulle Erik ha hunnit med detta inom den tidsram som det tog från skotten till dess att Vera larmade polisen.

"Garderoben då?"

Jenny funderade. Det var trots allt bara en teori att mördaren befann sig i lägenheten innan paret anlände - detta på grund av att dörren till en liten skrubb som användes som klädkammare stått öppen när polis anlände.

"Den dörren kan ha lämnats öppen av Emilia."

"Vad skulle motivet vara?"

Jenny ryckte på axlarna. "Jag vet inte. Kärlek - svartsjuka? Han har bott granne med Emilia - kanske hyser han känslor för henne? Kanske har hon nekat honom tidigare?" Hon ryckte återigen på axlarna. "Jag vet inte - jag sa aldrig att teorin var vattentät. Däremot verkar det väldigt underligt att han skulle ha suttit på balkongen och pimplat öl - det var så jag kom på teorin imorse - det stämmer bara inte. Vem väljer att sitta på balkongen i minusgrader?"

"Han påstod att han gjorde det för att kunna röka samtidigt."

Men ändå, tänkte Jenny. Vem gör så?

"Varför skulle han låsa dörren och sedan välja fönstret?" undrade Nico. "Och - om det nu är han som utförde morden - varför försökte han inte lura i oss att han sett någon lämna byggnaden medan han satt på balkongen?"

Det skulle absolut föra misstankarna bort från Erik, tänkte Jenny. Visst var hennes teori full av brister, men hon kunde inte gå vidare utan att ha uteslutit varje misstänkt teori och person.

"Jag har inga svar på det" sa hon. "Men det lär ju knappast ha varit den rara lilla Vera. Så om du inte har någon bättre potentiell gärningsman så är det Erik vi tar in till förhör?"

Nico log. "Jag håller fullständigt med dig om att vi igår inte tänkte på alla potentiella möjligheter. Erik kan mycket väl vara inblandad." Han reste sig. "Jag ser till att de hämtar in honom."

"Tack" log hon. "Jag ska se om vi kan få en husrannsakan." Det lär inte bli lätt på dess grunder, tänkte hon och såg efter honom medan han försvann ut från kontoret.

Tant Valentin? tänkte hon och fnös medan hon slog numret till åklagare Gunilla Storm.

Medan signalerna ljöd ångrade hon morgonens val av klädsel. Tänk om Gunilla ville träffas för att diskutera ärendet närmare? En urtvättad rosa t-shirt under en hemsk vit kofta. Till detta ett par slitna jeans. Hon skakade på huvudet. Detta var inte alls genomtänkt. Det var knappt att hon bar någon makeup denna morgon. Vad fan, hon skulle ju bara diskutera en idé med Nico. Det var åtminstone vad morgonens plan hade gått ut på.

"God morgon, Gunilla. Det är Jenny."

Då de två kände varandra så pass väl efter flera år av konsultering i flertalet mordfall så behövdes ingen formell hälsningsfras.

"Förlåt för den tidiga påringningen." Hon harklade sig. "Vad bra. Jag har en önskan om en husrannsakan."

Därefter förklarade hon situationen och teorin om den unge Erik Karlsson - hur dennes berättelse verkat aningen misstänkt, särskilt delen med öldrickande på en minusgradig balkong mitt i svarta natten.

Något som åklagare Gunilla Storm instämde.

"Jag kan förstås inte styrka att Erik Karlsson skulle vara gärningsmannen" sa Jenny. "Men jag vill heller inte att han - om så är fallet - hinner göra sig av med bevis."

Det handlade om mordvapnet, krutstänk på kläder, blod på de handskar som gärningsmannen troligen använt för att skriva budskapsiffrorna på väggen.

Efter närmare tjugo minuters övertalande och - från Jennys sida - fjäskande gav Gunilla sitt godkännande för att söka igenom Erik Karlssons lägenhet medan denne hämtades in till förhör.

"Tack" avslutade Jenny samtalet och lämnade sedan kontoret.

~ FEM ~

INTE ENS den brännande smärtan i Jack Molins utspända magmuskler kunde konkurrera ut den smärta som den utdragna tanden lämnat efter sig. Med svetten rinnandes ner för kroppen pustade han ut några sekunder medan han svor över den ömmande gommen.

Bortsett från två muskelmonster, som nere vid boxningsringen utbytte teorier om Mix Martal Art, så var han ensam i gymhallen. Han utförde några fler situps innan han övergick till att träna armarna. Några omgångar biceps övergick till några omgångar triceps innan han avslutade det hela med några minuter på löpbandet.

Efter att ha tittat på snöovädret utanför det stora panoramafönstret bestämde han sig för att en stund i bastun skulle göra honom gott. Mestadels för att han inte ville ut i stormen och hoppades att - efter en bastudusch - de vilda vindarna skulle ha tämjt sig en aning.

I bastun fick han sällskap av två äldre herrar. På finlandssvenska utbytte de skämtsamma historier med

37

varandra medan de turades om att kasta vatten på aggregatet.

Det måste vara hundra grader, besvärade sig Jack men vägrade att svälja stoltheten genom att lämna bastun. Dock ångrade han sitt val av att sitta på högsta steget och hoppade ner till första parkett.

Finlandssvenskarna log åt honom och kastade sedan retsamt på ännu en skopa vatten på det glödande aggregatet. Men Jack brydde sig inte. Istället lutade han sig tillbaka, slöt sina ögon och tänkte på den vackra Kommissarie Valentin.

Han kunde inte låta bli att undra över vad motivet bakom dubbelmorden varit. Svartsjukedrama kanske? Eller otrohet? Varför inte ett triangeldrama? Det skulle sälja lösnummer det. Då inga uppgifter om parets identiteter läckt från polisen så visste han fortfarande inte vem han skulle skriva om i sin kommande krönika. Han hade visserligen sökt på adressen och fått upp de boendes namn och åldrar.

En äldre dam, en yngre man, en yngre kvinna och så ett medelålders par. Han gissade på att det var paret i medelåldern som mördats. Men utan något mer konkret från polisen så kunde han inte slutföra krönikan.

Han undrade vad den söta Jenny Valentin skulle komma att säga om hans krönika om svartsjukedrama?

KRIMINALINSPEKTÖR NICO Wester knackade i karmen då dörren redan stod på vid gavel till Kommissarie Jenny Valentins kontor.

"Erik Karlsson är i förhörsrum ett."

"Tack" svarade hon och reste sig medan hon plockade ihop bunten med papper på skrivbordet.

"Jo" fortsatte Nico och steg in. "Det manliga offret är identifierat."

Jenny såg upp på honom. "Jaså?"

"Javisst, en Robert Lindqvist, bosatt i Nybro. Och hör på det här - mannen är gift."

"Gift?" upprepade Jenny och rynkade näsan. "Vilket svin. Ursäkta ordvalet."

Nico log. Sluta vara så pryd, tänkte han medan han viftade bort hennes ursäkt.

"Då kan det handla om ett otrohetsdrama - en hämndaktion." Jenny tog ett anteckningsblock och gick sedan runt skrivbordet. "Vart befinner sig frun?"

"Hon är underrättad och på väg in för att identifiera sin make." Han hostade lätt. "Ursäkta mig. Fruns namn är Lina Lindqvist, född Strömberg."

"Se till att få in henne i ett förhörsrum efter det att hon identifierat mannen. Jag vill veta var hon befann sig under gårdagskvällen och om hon har alibi."

"Jag ber Jan att skicka upp henne efter identifieringen" svarade Nico och gick efter henne ut i korridoren. "Klarar du förhöret med Erik själv?" Han stannade till utanför sitt eget kontor. "Jag behöver följa med teknikerna till Eriks bostad."

"Åk du" log hon. "Jag klarar mig."

Intensiv söndag, tänkte hon medan hon såg på armbandsuret. Klockan var något efter tolv och hon kom på sig själv med att inte ha ätit något sedan tidig morgontimma. Det får bli efter detta förhör.

Hon stängde dörren till förhörsrummet och såg åt Erik. Hon slog sig ner mittemot honom och studerade en

39

stund hans ögon. De innehöll rädsla. Det var bra, tänkte hon. Det kunde hon arbeta med. Hon lät ytterligare några sekunder passera. Studerade noga sitt förhörsoffer.

"Så Erik" inledde hon och lutade sig tillbaka i stolen på ett ledigt och avslappnat sätt. "Tack för att du tog dig tid."

"Tog mig tid?" fnös Erik irriterat. "Som om jag hade något val?"

"Nej" log Jenny. "Det hade du inte."

Erik såg nervöst på henne. Hon kunde höra hur hans fötter trummade mot det kala golvet. Se hur han korsade armarna för att i nästa stund knyta händerna i varandra framför sig. Och så tillbaka till att korsa armarna.

Han såg trött och bakfull ut. Stank av gammal sprit. Antagligen hade han fortfarande sovit då polisen knackat på hans dörr. Slarvigt klädd i t-shirt och mjukisbyxor. Det rödlätta håret var rufsigt och skäggstubben syntes glest i det fräkniga ansiktet.

Nog var han nervös alltid. Men av vilken anledning? Bara att behöva förhöras av polis kunde vara skrämmande för vem som helst. Hon kunde inte lägga för mycket vikt vid hans nervösa beteende.

"Förstår du varför du är här?"

Hon väntade på hans svar. Kanske kunde hon höra det i hans röst istället? På hans tonläge? Kanske skulle det avslöja honom om rätt fråga ställdes?

"Jag har förstått att det har med morden att göra."

Hon satt tyst någon sekund. Inget darrande i rösten. Erik svarade självsäkert och utan större eftertanke.

"Stämmer bra" fortsatte Jenny. "Det är ren rutin då detta förhör inte hanns med under gårdagen."

"Varför gör ni en husrannsakan hos mig?"

Nu hade hans röst en mer arg ton.

"Vi återkommer till det" svarade Jenny lugnt. "Du kan väl berätta om gårdagen."

Erik skakade på huvudet, tog ett djupt andetag och lät nu armarna vila på bordskivan med fingrarna sammanslingrade i varandra.

"Vi krökade hemma hos mig och..."

"Vilka vi?" undrade Jenny. Noggrann som hon var.

"Jag själv, såklart, med Emilia, Jocke, som är en polare till mig och hans brud, Anna."

"Var detta innan eller efter Bistro?"

Erik suckade medan Jenny noggrant antecknade i sitt block.

"Innan Bistro."

"Okej" sa Jenny och såg på honom. "Fortsätt."

"Vi gick till Bistro vid niotiden. Det var väldigt mycket folk vilket jag tror berodde på att det var trubadurkväll. På Bistro presenterade Emilia oss för den där snubben och..."

"Den där snubben?"

"Ja, han 'Raggarn'. Jag vet inte hans riktiga namn."

Jenny antecknade och bad honom sedan fortsätta.

"När Bistro stängde så slog vi följe hem eftersom vi bor på samma adress."

"Jocke och Anna med?"

Erik skakade på huvudet. "Nej, de bor på Norra Vägen och de lämnade dessutom tidigare."

"Vilka tider handlar det om?"

"Bistro stängde klockan ett" svarade han och funderade. "Jocke och Anna kanske lämnade vid tolv? Jag minns inte exakta tiden."

Jenny antecknade. "Bra. Och sen?"

"Vi kom hem. Vi skiljdes åt i trapphuset, de gick in till Emilia och jag in till mig."

"Emilia och 'Raggarn'?"

"Ja" suckade Erik och lutade sig tillbaka i stolen. Han kändes mindre nervös nu och mer avslappnad.

"Och sen?"

"Jag bestämde mig för att festa vidare. Jag hade ett sexpack Corona i kylen. Jag tog med mig det ut på balkongen för att röka och sen blev jag kvar där. Hann kanske med två flaskor innan jag hörde skottlossningen."

"Du valde alltså att dricka på balkongen?"

Han nickade och såg henne direkt i ögonen.

"Jag röker inte inomhus. Hyresvärden skulle döda mig - du vet, inte bildligt talat."

Jenny noterade medan hon skakade på huvudet. "Men under natten var det minusgrader."

"Jag hade min jacka på. Och när du är påverkad av alkohol märker du inte av kylan på samma sätt."

"Visst" sa Jenny. "Förstod du med en gång att det var en skottlossning du hörde?"

"Ljudet påminde om ett vapen som avfyrades. Först trodde jag inte på det - som att jag måste ha hört fel. Sen hördes ännu ett och då gick jag in igen." Han tystnade någon sekund. "Först vågade jag mig inte ut i trapphuset utan stod en stund och såg ut genom kikhålet. När jag såg Vera öppna sin dörr så gjorde jag detsamma."

"Bad du Vera larma polisen?"

"Nej, inte omedelbart. Jag bad henne vänta kvar. Eftersom att jag visste att Rolf och René är i Thailand..."

"Du menar de som bor mittemot Vera?"

Erik nickade. "Då förstod jag att ljuden måste ha kommit från Emilias lägenhet så jag knackade på den dörren. När ingen öppnade under den - kanske - minut som jag bankade så bad jag Vera att larma polisen medan jag själv försökte ta mig in i lägenheten." Han skakade på huvudet. "Men nej, den dörren rubbade sig inte en millimeter."

"Det är din utsaga?" frågade Jenny. "Inget annat?"

"Nej, inget annat" svarade Erik och lutade sig åter bakåt i stolen. "Kan du snälla berätta vad dina kollegor gör i min lägenhet?"

Hon hörde frustrationen i hans röst. Men ingen som helst ängslan.

"De söker igenom den efter något som kan föra dig samman med morden" svarade Jenny och reste sig. Hon såg djupt in i Eriks ögon en sista gång. "Om du inte har något att dölja så har du heller inget att vara orolig för."

Dessutom var kollegorna nog redan färdiga.

Hon log. "Du är fri att gå."

~ SEX ~

ERIK KARLSSON är inte mördaren.

Kommissarie Jenny Valentin kände sig säker på den punkten. Det fanns inte en chans att en tjugoett årig pojkspoling kunde lura henne. Hon hade sett det i hans ögon. Och dessutom hade kriminalinspektör Nico Wester avlagt rapport om att inget som helst misstänksamt gått att finna i Eriks lägenhet.

Hon suckade och såg sedan på kvinnan framför sig. För sakens skull adderade hon en viss sorg i blicken. Även om det var ett förhör med någon som kunde vara potentiellt misstänkt så kunde det lika väl vara ett förhör med en sörjande närstående.

Lina Lindqvist hade tårar i ögonen. Den svarta luggen dolde en del av det rosenröda, mosiga ansiktet. Hon hade fortfarande den tjocka vinterjackan på sig, dock uppknäppt och halsduken hängde över axlarna.

"Tack för att du orkar tala med mig, Lina" inledde Jenny. "Jag förstår att det är tungt."

Lina nickade och torkade ögonen med en näsduk. Hon såg på Jenny med de rödsprängda ögonen. "Jag vet inte vilken chock som är den största - att han är borta eller den att han var otrogen." Hon snörvlade sig i duken.

"Det är så overkligt alltihop."

"Jag förstår. Och jag vill inte hålla er här längre än nödvändigt" lovade Jenny. "Kan du berätta om ert förhållande?"

"Vad vill du veta?"

Jenny ryckte på axlarna. "Var ni lyckliga?"

Lina satt tyst någon sekund. "Ja" harklade hon sig. "Eller i alla fall så trodde jag att vi var det." Hon skakade på huvudet. "Jag förstår verkligen ingenting. Han har aldrig indikerat på att vara olycklig."

"Jag förstår."

"Man tror man känner en människa men så..." Hon föll åter in i gråt. "Varför gjorde han så?"

Jenny hade inget svar på den frågan. Varför är folk otrogna? Varför mördar folk varandra? Livet är inte alltid rättvist eller okomplicerat.

"Vad är det ni egentligen vill veta?"

Jenny såg in i Linas trötta ögon. Hon suckade.

"Ni förstår - jag behöver fråga om var ni befann er under natten? Närmare bestämt kvart över två?"

"Ni misstänker mig?"

"Jag är ledsen, Lina. Men det är mitt jobb att gå igenom samtliga detaljer och med tanke på otroheten så är jag tvungen att fråga. Det ses som att ni har motiv."

"Jag var hemma i vår säng och sov" blev Linas svar. "Ni förstår - jag har inget körkort och dessutom har vi Rolle - en schäfervalp."

"Inget alibi?"

Lina skakade på huvudet. "Förutom Rolle - dessvärre inte."

KOMMISSARIE JENNY Valentin släppte ut det ljusa håret ur dess snara. Ruskade svallet och knakade sedan sin stela nacke. Medan doften av skinkpaj strömmade ut från den surrande mikron tvättade hon av sig det lilla smink hon burit under vattenkranen i badrummet. När masken väl avlägsnat sig torkade hon dropparna med den rosa handduken.

Mikron tjöt ute i köket men hon ignorerade både den och den skrikande magen. Först skulle hon få på sig något mer bekvämt. Till sin stora besvikelse såg hon när hon öppnade garderobsdörren i sovrummet att det även skulle behöva bokas en tid i tvättstugan.

Lagom till de sena Tv-nyheterna slog hon sig bekvämt ner i soffan - klädd i garderobens sista rena linne och sina trosor - tillsammans med den upphettade skinkpajen och tre stycken slejsade körsbärstomater.

"God kväll och välkomna till tv4 nyheterna. Vi inleder med det senaste i "Siffermorden"...

Siffermorden? Har de namngett dem nu? Hon log för sig själv åt det patetiska namnet innan hon svalde ner en tugga av skinkpajen. Gud så hungrig jag var, tänkte hon och svalde en klunk av det vita vinet. Jag skulle kunna äta en gnu.

Skönt var i alla fall att se att pressen inte hade mer information om morden än vad rättsväsendet hade. De hade varit tvingade att bekräfta detaljerna om de blodskrivna siffrorna på sovrummets vägg. Hur nu gamarna hade fått tag i de uppgifterna? Någon inom

47

hennes egen organisation måste ha läckt dem. Det var inte ovanligt - även om hon avskydde det.

Samtidigt som hon tog den avslutande biten av sin gourmandmiddag och ställde tallriken på soffbordet så fortsatte söndagsfilmen - en gammal Beckrulle kvällen till ära. Visserligen hade hon - likt alla andra svenskar - redan sett dem allihop. Den duger att somna till, tänkte hon och lade sig till rätta med huvudet på soffkudden.

Kommissarie Martin Beck och den karismatiske Gunvald Larsson var på jakt efter en gärningsman som - med en bomb i en video - sprängt en journalists hus. Dessvärre dog dennes fru vilket troligen inte ingick i planen.

Om de grep mördaren? Det gjorde de varje gång. Men det missade Jenny som redan susade i soffan medan tv:n fortsatte vidare med ännu ett nattligt äventyr.

Hon sov ända till dess att de första morgonstrålarna sken på hennes vackra ansikte. Hon kisade mot fönstret och undrade vad klockan hunnit bli. Hon såg på sitt armbandsur - halv nio. Nog behövde hon den sömnen och kände sig utvilad. Hon drog sig kvar i soffan en stund - skickade ett sms till inspektör Nico Wester om att hon skulle komma in något senare under dagen, läste igenom de senaste nyheterna på Aftonbladet och DN innan hon slutligen tog sig ut i köket för lite frukost.

Kvarg blandades med frusna bär i mixern och blev till en röd-rosa drink. Vitlöksbröd värmdes i ugnen. Några ostskivor ovanpå det och några hackade apelsinklyftor på ett fat.

Det var längesedan hon skämde bort sig själv med en sådan frukost, tänkte hon medan den första tuggan avnjöts. Oftast blev det en kaffe och en ostsmörgås nere på bensinstationen vid torget på vägen till polisstationen. Detta var bättre. Detta var underbart.

På tv:n rullar Nyhetsmorgon vidare från vinters klädmode till vinstskrapande Trissmiljonärer. Jenny plockade ihop en väska med träningskläder i sovrummet. Hon hade bestämt sig för att besöka gymmet innan hon begav sig till arbetet.

Medan den kyliga vinden drog fram insåg hon att hennes vackra höstjacka inte skulle hålla henne varm resten av vintern. Om den kommit för att stanna så behövde hon definitivt inhandla en ny vinterjacka - kanske rent av någon av de vackra modeexemplar som visats upp i Nyhetsmorgon.

Snön knastrade under hennes fötter medan hon klev ur bilen på parkeringen utanför Medleys gymanläggning. Solen reflekterade sig i den vita omgivningen och hon lät solglasögonen vara kvar på nästippen medan hon gick över parkeringen och in genom entrén. Som vanligt på måndagar var där mycket folk. Början av veckan, tänkte hon. Folk vill göra sig av med helgens många synder.

Efter att ha bytt om steg hon upp på löpbandet. Hon knappade in de obligatoriska uppgifterna på skärmen - ålder, vikt och tid. En timme, tänkte hon när bandet började rulla. Det är snudd på personligt rekord. Men hon kände sig stark och utvilad. Det var en bra måndag.

Under det timlånga löppasset hann hon med att se två avsnitt av komediserien 'The Big Bang Theory' som vevades på tv-skärmarna framför löpbanden och träningscyklarna.

Undrar om Nico har börjat sakna mig, tänkte hon medan hon begav sig mot omklädningsrummet och den väntande duschen.

JACK MOLIN hade skrivkramp - och han bannade Kommissarie Valentin för det. Pressen beskrev 'Siffermorden' som årets stora gåta. Varenda kriminaljournalist skrev om det, experter uttalade sig och pöbeln uppdaterade sig regelbundet på tidningarnas hemsidor. Problemet? Ingen information läckte ut.

Det hade visserligen gått mindre än fyrtioåtta timmar sedan de ägt rum men med allmänhetens stora intresse ville varenda tidning rida på vågen. Utan information från rättsväsendet hade de inte mycket att gå på - inte mycket att skriva om som inte redan blivit sagt. Det mesta som nu utkom i media var rena spekulationer.

Själv hade Jack inga teorier. Han hade knappt skrivit en rad om morden. Bara nämnt dem som hastigast i den krönika han sänt in under söndagskvällen.

Så inga teorier - men väl en rejäl sovmorgon. Han hade visserligen en viss ångest över oansvarigheten att ha sovit till middag men efter dagar med dålig sömn på grund av tandvärken var det nog befogat. Tandvärken dock - den var som bortflugen.

Med en kopp rykande kaffe väntade han på de kokande äggen vid köksbordet. Solen sken in genom fönstret och avslöjade att det var ett tag sedan hans fönster blivit rengjorda. Med närmare eftertanke var det nog likadant med golven.

När var senast han svabbade dem? Han funderade. Dammsugit hade han gjort för någon vecka sedan. Men moppat? Han skakade på huvudet. Var han verkligen en sådan slusk? Medan äggklockan ljöd bestämde han sig för att spendera dagen åt en rejäl och behövlig storstädning.

Han skalade och åt äggen vid matbordet, svalde ner med kall mjölk direkt ur tetran medan solen värmde hans ansikte. Han bestämde sig för att ignorera de smutsiga fönstren och de dammiga golven för att istället packa ihop en träningsväska och ge sig iväg till gymmet för ett träningspass.

Liksom många män som passerat trettioårsstrecket kunde inte Jack längre pressa i sig snabbmat från gatuhörnets kebabhak och öl var och varannan helg utan att den så kallade "muffinsmagen" påverkades. Han tillhörde den grupp unga män som fram till sin trettioårskris kunde äta vad han ville, träna hur han ville och dricka som han kände för - allt det utan att ett enda gram lade sig på viktkurvan. Men nu var det skillnad. Nu kämpade han på gymmet fyra till fem dagar i veckan för att få bort den lilla surdegen som smugit sig fram och sakta klättrat sig över kalsonglinnen.

Det var frustrerande, det erkände han medan han plockade ihop sina träningskläder. Det var inte utan att han blev lite upprörd när han kände efter på kärlekshandtagen som retsamt omslöt hans midja. Han hatade det.

~ SJU ~

KRIMINALINSPEKTÖR NICO Wester hälsade på Kommissarie Jenny Valentin då denne klev in i stationens fikarum för en kopp nybryggt kaffe.
"God förmiddag" log han. "Sovmorgon?"
"Träning". Hon hällde upp en kopp och smakade av.
"Möte om fem?"
"Visst".
"Mitt kontor".
Hon lämnade fikarummet, tog sig igenom korridoren och in på sitt kontor. Jackan hängde hon på klädhängaren. Lika så halsduken och mössan innan hon rättade till det ljusa håret. Det var fortfarande fuktigt efter duschen så hon lät det hänga ner bakom öronen.
Rummet var ljust då solen kastade sitt sken över inventarierna. Hon slog sig ner i stolen, tog en ny klunk av kaffet och såg ner på blocket med de anteckningar hon skrev ner under förhöret med Lina Lindqvist.
Nästan på pricken fem minuter efter det att de bestämt möte dök Nico upp på hennes kontor. Jenny log. Alltid lika punktlig, tänkte hon och såg på honom medan han

slog sig ner i hennes besöksstol, korsade sina ben och satt sig bekvämt mot ryggstödet.

"Så" sa hon. "Något nytt under morgonen?"

Han skakade på huvudet. "Inget användbart."

Hon suckade och tog en ny klunk av kaffet.

"Jag har talat med Emilia Roséns mor och hennes syster" fortsatte Nico. "De har ingen aning om vad siffrorna på väggen kan ha för innebörd. Inte heller någon teori. Om det är så att det är ett budskap - ja, då är det i alla fall inte riktad till någon i hennes närhet."

"Lina Lindqvist förstod inte heller något av siffrorna" sa Jenny.

"Inte heller Emilias vänner. Jag talade med några av dem under morgonen. De hade aldrig hört talas om dessa siffror." Han såg ner i sina anteckningar. "Jag har jämfört siffrorna med moderns - systerns - vännernas telefonnummer. Där finns inga kombinationer. Inte heller hennes egna, Robert Lindqvists eller Lina Lindqvists." Han skakade på huvudet. "Siffrorna har inget samband med någonting som jag kan finna."

"Nej, men det finns ett samband - frågan är bara vilket?" Hon drack ur det sista ur koppen. "Det kan ju vara vad som helst."

"Ja - och vi vet ju inte med säkerhet om det skrevs av mördaren."

Jenny såg skeptiskt på honom. "Hur tänker du nu? Enligt Jan så kan offren med största sannolikhet inte ha skrivit det själva efter det att skotten avlossats."

"Nej" svarade Nico och ryckte på axlarna. "De kanske hade vild sex som involverade näsblod med vilket de började kladda något på väggen."

Han log mot henne.

"Så vad? Nu utreder vi två sadister?"

Han log på nytt. "Vi måste räkna med alla möjligheter."

"Det där är nog mer löjligheter än möjligheter, Nico."

"Så hur går vi vidare?"

"Mördaren har uppenbart gjorts sig stor möda vid att lämna just det budskapet - för att inte tala om risken. Siffrorna på väggen är en viktig del i fallet - om än en stor gåta."

Nico höll med genom att nicka instämmande.

"Det stör mig också att denna gåta nådde media så snabbt." Hon suckade. "Tänk om det är den uppmärksamhet som gärningsmannen vill ha? Den här organisationen läcker som en rostig kran."

"Eftersom vi inte har några ledtrådar kvar att gå efter" sa Nico och såg på henne med smala ögon. "Kan det vara så att du hoppas på att ett nytt mord hade inträffat om gärningsmannen inte fått sin uppmärksamhet genom media?"

Jenny skakade på huvudet. "Inte hoppas jag på det - men risken finns fortfarande att ytterligare mord sker då gärningsmannen kanske fått smak på uppmärksamheten. I värsta fall tvingar det personen att fortsätta."

"Om så är fallet så kommer han att göra misstag och då tar vi honom."

"Honom? Du tror att det är en man?"

Nico ryckte på axlarna. "Jag följer bara statistiken."

Jenny satt tyst en stund. Funderade på det där förbaskade budskapet. Vad betydde det? Hon hade aldrig varit med om ett liknande fall tidigare. Det var som att befinna sig mitt i ett avsnitt av Criminal Minds.

"Hur var det med Lina Lindqvists alibi?" avbröt Nico hennes tankar.

"Förutom en hund vid namn Rolle så saknar hon det" svarade Jenny och rättade till kragen på blusen. "Men nej - både statistiken och magkänslan talar för en annan mördare."

RÖD ELLER blå? Kommissarie Jenny Valentin höll i tur och ordning de båda vinterjackorna framför sig. I spegelbilden var de båda vinnare. Men hon var tvungen att bestämma sig för en av dem. Varför var det så svårt?

En hel timme hade hon spenderat inne på damavdelningen på Lindex och sållat ut de två bland tjugotalet olika färger och modeller.

Nej, nu tar jag den här, tänkte hon och hängde tillbaka den blå mockajackan på klädsnurran. Hon hälsade vänligt på expediten som skickligt avlägsnade larmbrickan, vek ihop rocken och paketerade medan Jenny drog sitt betalkort.

Utanför yrde snön över de kala kullerstenarna. Temperaturen hade sjunkit och nu stod det klart för Jenny att vintern kommit för att stanna. De isande vindarna drog genom hennes fortsatt utsläppta hår medan hon raskt vandrade bort till bilen. Centrumstråket längst butikerna var dekorerad med julbelysning och på torget utanför biografen tornade den upplysta granen upp sig mot skyn.

Det närmar sig jul, tänkte hon då hon nådde parkeringen. Bara tre veckor kvar.

Tanken slog henne. Hon hade ännu inga planer för julhelgen. Och inte hade hon kommit ihåg att svara på sin mors inbjudan. Men det var nog så det fick bli - hennes mor, syster - hennes karl och så systerdottern förstås. Hon var inte förtjust i tanken dock.

Hennes mor hade sedan en tid tillbaka stadgat sig med en ny karl. Och systern var gift sedan sju år tillbaka - med en dotter på snart fem år. Jenny kände sig alltid som det femte hjulet vid högtiderna. Som det svarta fåret i en flock av relationer.

Att dessutom ha växt upp med en präst till far - och med vissa konservativa värderingar inom familjen - gjorde inte det hela lättare. Att som kvinna ha satsat på en karriär istället för som hennes yngre syster ha satsat på äktenskap och barnafödsel var inte helt i linje med den uppfostran de hade med sig.

Visst hade det funnits karlar i hennes liv - även om det den senaste tiden varit tämligen torrt i den fiskdammen. Var hon för kräsen? Hon kunde inte minnas att hon varit överdriven intresserad av män även under de tidiga åren. Kanske hade det med faderns kristna tjatande om att mannen var försörjaren, att mannen var beskyddaren. Hans femtiotalsideal om att kvinnors position i samhället var i hemmet. Mannen var försörjaren - kvinnan var skaparen. Skaparen av nytt liv - som hon sedan obligatoriskt skulle vaka över.

Kanske kom hennes karriärlysta från det? Hennes ointresse för familjeliv?

Urs, tänkte hon och rös medan hon svängde ut från parkeringen. Det var längesedan hon ägnat sin uppväxt en tanke.

Väl hemma i lägenheten tog hon tag i tvättstugan. Under kvällen pendlade hon flitigt mellan sin våning och källaren för att ladda nya maskiner och hänga de fuktiga, sköndoftande kläderna i torkrummet.

De tidigare tankarna på karlar och familj dröjde sig kvar i hennes inre. Nu när hon nått det hon kallade för toppen av sin karriär var nog familjelivet mer lockande. Och visst kände hon sig lite ensam. Hon funderade på den biologiska klockan medan hon slog sig ner i soffan för den sena nyhetssändningen.

Inte för att hon hörde den slå - men hon var ändå trettiosju år inom en månad.

JACK MOLIN hade kärleksproblem han med. Inte problem som i äktenskap och barnahavande - men hans schemalagda dambesök hade sedan en timme tillbaka sänt honom ett sms och ställt in på grund av sjukdom.

Lisa - med de största bröst man kunde tänka sig.

Han skakade på huvudet medan han huttrade med händerna i jackfickan då den ilande vinden drog fram längst Storgatan. Lisa var en aning satt, inte Jacks typ av kvinna men det mesta var som tur var beläget runt bysten så det gjorde honom inget. Dock fanns där inga känslor - det handlade om sex. Och som nyseparerad singelmamma till två små barn var varannan vecka vigd åt sexuella möten.

Jack tyckte om upplägget - hon kom, de låg, hon gick. Ibland sov de tillsammans bara för att kunna ge varandra en rejäl omgång extra på morgonen - men allt var strikt känslolöst. Och nu var det måndag. Varannan vecka måndag. Och Lisa var sjuk.

Han sparkade av sig det mesta av den gråa snösörjan under skorna innan han äntrade entrén till den engelskinspirerade lokalpuben för en drink. Något förundrad över det höga antalet gäster tog han sig fram till bardisken, slog sig ner vid stolen och beställde en Jack Daniels med Cola.

Medan drink nummer tre serverades framför honom vandrade tankarna i väg till den vackra Kommissarien. Skulle han få se henne i tv-rutan igen?

Eller var det småländska dubbelmordet bara en medial fluga som snart skulle blåsa över?

~ ÅTTA ~

KOMMISSARIE JENNY Valentin klev ur bilen och andades in morgondiset. Solen värmde trots tidig förmiddag. I handen höll hon det ljumna morgonkaffet hon inhandlat på macken efter att hon tankat. Hon tog sin handväska, låste bilen och såg sig omkring. Åseda var sig likt.

Hon skakade på huvudet och korsade vägen. Den nya röda rocken glänste i solens strålar. Halsduken fladdrade bakom henne medan hon med raska steg rundade knuten på Restaurang Bistro, stannade till utanför entrén för att ta den sista klunken ur kaffet och slängde sedan behållaren i sopptunnan utanför.

Restaurang Bistro var ingen stor restaurang, men likväl var Åseda ingen stor ort. Dock var den sig lik.

Jenny hade inte besökt sin födelsestad sedan den dagen då hennes mor packade väskorna, de två döttrarna och flyttade till Växjö.

En kall decembermorgon, ville hon minnas - för ganska exakt trettio år sedan. De bara lämnade allt bakom sig, bodde de första veckorna på ett sunkigt

61

motell i utkanten. Först dagen före dopparedagen flyttade de in i en trång tvårumslägenhet. Jenny mindes hur hon och hennes syster på juldagsmorgonen fann sina presenter liggandes runt en kaktus - som deras mor kreativt klätt med gammalt presentsnöre i olika färger.

Hon mindes att hon fick en CD-skiva och en blå klänning. Vilken artist det var mindes hon inte.

"Vad får det lov att vara?"

Hennes tankar avbröts av servitrisen med rött hår uppsatt i Pippiflätor och med ett brett rött leende. Hon hade notisblocket öppet och var fullt redo att motta en frukostbeställning.

"Nej" harklade sig Jenny. "Eller jo - en kaffe."

"Svart?" log servitrisen. "Eller mjölk?"

"Svart blir utmärkt. Med en gnutta socker i."

Servitrisen log åter. "Kommer direkt."

Jenny slog sig ner vid ett av borden, knäppte upp den röda rocken och lättade på halsduken. Hon såg sig omkring i lokalen. Vid ett av borden nere i hörnet satt ett äldre par och åt vad som verkade vara en engelsk frukost med ägg och bönor. Hon mötte damens blick, log något och såg sig sedan vidare om.

Hon kunde inte minnas att hon besökt denna restaurang eller lokal då hon bodde här med samtidigt - det var trettio år sedan.

"Säkert att du inte vill ha något mer?" frågade servitrisen då hon räckte över den rykande kaffekoppen.

"Nej tack" svarade Jenny. "Men jag har några frågor" Hon smakade av kaffe. "Gott."

"Vad för frågor?"

"Jag utreder morden som skedde här i lördags - om du har tid att..?"

"Visst." Servitrisen såg sig om i lokalen och slog sig ner på stolen framför Jenny. "Inte vår stressigaste tid direkt."

Jenny log. "Vad är ditt namn?"

"Sanna."

"Jag heter Jenny. Hur gammal är du Sanna?"

Inte för att det var av någon vikt men hon var nyfiken då hon själv inte kunde avgöra om Sanna var tonåring eller passerat det berömda tjugoårsstrecket.

"Nitton."

Sanna såg inte nervös ut. Hon log med hela ansiktet medan Jenny tog ännu en klunk av kaffet. Hon såg ut att trivas med både sitt arbete och sitt liv. Eller så hade hon bara en naturlig talang för serviceyrket.

"Kände du Emilia Rosén?"

"Kände och kände" inledde Sanna. "I en sån här håla känner man väl till alla." De båda log väl medvetna om dess invånarantal. "Men det var ingen vän till mig."

"Ovän?"

"Nej, nej - inget sådant. Hon var något äldre och ingick inte i mitt umgänge."

Jenny drack ännu en klunk. Visst mindes hon att orten hade sina grupperingar och åldersindelningar.

"Arbetade du kvällspasset i lördags?"

Sanna nickade.

"Såg du Emilia här?"

Sanna nickade på nytt. "Visst."

"Och mannen? Robert Lindqvist?"

"Jag vet inte hans namn. Någon sa att han kallades för 'Raggarn' om du syftar på det andra offret?"

Jenny nickade.

"Ja, han satt med det gänget hela kvällen."

"Kan du minnas något ovanligt från den kvällen? Något som stack ut?"

Sanna satt tyst en stund. Funderandes. Sedan skakade på huvudet. "Nej, det enda var att det var ovanligt mycket folk - mer än andra helger. Men det berodde kanske på att vi hade en trubadur."

"Fanns det någon besökare här som du aldrig sett tidigare?"

"Nej - ingen förutom han 'Raggarn'."

"Okej - tack så mycket Sanna" log Jenny och tog sin sista klunk. "Var betalar jag?"

HADE ETT tåg verkligen kört över honom?

Jack Molin vågade inte öppna ögonen. Det snurrade tillräckligt som det var - skulle han öppna dem skulle han troligen behöva uppsöka toaletten. Om han nu var hemma? Eller var det så att han sov på järnvägsrälsen och faktiskt hade blivit överkörd av ett passerat tåg?

Han vände sig om på rygg, öppnade sakta ögonen och kände de obligatoriska svettningarna som bara en rejäl bakfylla kunde ge. Han hade fortfarande kläderna på sig. Jeansen, t-shirt, strumporna - hela baletten.

Hur kunde han bli så full?

Och hur kom han hem? Han mindes ingenting efter den femte blandningen av Jack Daniels och Cola. Det hade säkerligen inte varit hans sista. Han drog ett djupt andetag och skakade på huvudet. Varför? Gud, så dumt.

Han lät en timme passera förbi medan han i självömkande bannade sig själv innan han slutligen tog de stapplande stegen ur sängen. I köket drack han vatten direkt ur kranen innan han startade vattenkokaren. Med lite kaffe skulle han nog få ingång hjärnverksamheten igen men för att vara på den säkra sidan svalde han ner ett glas med en brusande vätsketablett. Han borstade tänderna innan han åter ute i köket rörde ner snabbkaffepulvret i det hettade vattnet.

Aftonbladet, Dagens Nyheter, Expressen, TT - inget nytt i 'Siffermorden' och redaktionerna verkade ha pumpat ut det som möjligen gick att pressa ur den tragiska händelsen. Visserligen framgick det nu att den mördade mannen varit gift, men inte med den mördade kvinnan. Men inte ens det avslöjandet räckte för att hålla allmänheten på sitt alster. Rapporteringen blev allt mer fattig.

Jack Molin hade själv tröttnat på morden, trots att han ännu inte besvärat sig med att skriva om dem. Han, och säkert många med honom, hade nog trott att morden skulle följas med flera - eller att experter skulle analysera sönder budskapet i sina artiklar men nej, ingen hade vågat sig på en rejäl gissning av de blodiga siffrorna.

Själv hade han ingen teori där han satt i soffan framför sin dator. Endast klädd i boxershorts och linne medan klockan passerade lunchtid.

Varför lämnade mördaren ett budskap om denne inte ville att allmänheten skulle förstå? Det var knappast ett budskap till offren då dessa troligen redan var bragda om livet då mördaren skrev budskapet på väggen.

Jack skakade på huvudet och lutade sig tillbaka. Nej, han förstod det inte. Det var tvunget att finnas något mer bakom det. Ett motiv - något som mördaren ville ha sagt. Sista ordet var inte sagt, det var han säker på.

Han reste sig och masade i väg till badrummet för en varm dusch. Huvudvärken hade lättat något men han var fortsatt ångerfull över att ha förstört en hel förmiddag. Enligt gårdagens planering skulle han redan ha varit på gymmet och dessutom ha påbörjat nya krönikor. I nuläget hade han ingen. Och inte heller hade han den minsta aning om vad han skulle skriva om?

Efter den uppfriskande duschen satt han återigen i soffan - denna gång fullt påklädd i jeans och t-shirt - och stirrade på den blanka dataskärmen.

Inget nytt hade hänt i världen. För en månad sedan skedde både inrikes mord och utländska terrorattentat. Syrienkriget var i ständig närvaro men hade inte längre någon effekt i nyhetsrapporteringen. Rysslandhotet var det inget som tog på allvar längre då politiker ständigt påpekade den upptrappade spänningen runt Östersjön.

Varför valde jag inte att specialisera mig på sportkrönikor? tänkte han. Det pågår väl ett idrottsevenemang dagligen?

Medan dokumentet på dataskärmen förblev tomt försvann hans tankar iväg till den vackra Kommissarien.

Var hon verkligen bara trettiosju år?

Han bestämde sig för att forska lite och ta sig en närmare titt på Kommissarie Jenny Valentin.

~ NIO ~

KRIMINALINSPEKTÖR JENNY Valentin vandrade med lätta steg genom det lilla samhället. Hon passerade förbi ICA-handeln, den gamla biografen - stannade till och förundrades över att det fortfarande faktiskt visades film där inne - och fortsatte sedan gatan ner.

Så längesedan hon strosat runt på dessa gator.

Men det var sig likt. Blomsterhandeln var kvar där den alltid varit - väl utsmyckad med Betlehemsstjärna i skyltfönster tillsammans med röda Julstjärnor, väl omhändertagna och bedårande. Floristen skymtades noggrant och ömt vattna dem bakom glaset. Jenny tyckte sig känna igen henne. Kunde det vara från skolan?

Medan hon passerade ute i kylan kom hon att tänka på att den floristen kunde ha varit hon själv - eller konditorn i det lilla fiket intill. Om hon följt sin fars stränga uppfostran - satsat på familj, på hemmafrurollen - då hade detta liv kunnat vara hennes.

Medan hon passerade förbi fiket gladde hon sig åt att hon gått sin egen väg - gått emot värderingarna från hennes föräldrar - och valt karriären som lett fram till detta liv. Hon var nöjd.

Mord hade alltid fascinerat henne. Inte morden i sig - men arbetet efter dem. Det tekniska arbetet att säkra bevis på platsen, teorierna - att ta sig in i en mördares inre, förstå hur personen tänker, lever. Hela utredningsdelen.

I början var en blodig mordplats, sorgen hos de anhöriga och sömnen om natten något som Jenny inte var säker på att hon skulle klara av. Nu - flera år senare - genomgick hon det på rutin utan vidare reflektion. Vissa mord var visserligen annorlunda. De fastnade och stannade där. Hon hade en känsla av att dessa - det som i media kallades för 'Siffermorden' - med största sannolikhet skulle finnas med henne för resten av livet.

Då stod den plötsligt där framför henne. Dess skugga kastade sig över henne som om den bara väntat på att få dra henne till sig - in i det mörka förflutna.

Vit, hög och ståtlig men för Jenny med ett dolt mörkt inre. Trots solens värmande strålar fick den henne att rysa längst utmed ryggraden till dess att nackhåren reste sig. På den tiden - för en liten flicka - var den enorm men nu något mindre än vad minnet upplevde den som.

Så vacker med det väldiga klocktornet - men ändå med en historia så mörk att man kunde höra den viskas bakom de stängda kapelldörrarna.

Pastor Kurt Valentins - hennes fars - kyrka.

HON SÅG äldre ut. Var det verkligen så länge sedan hon träffat henne? Söt som socker - med de mest blåa ögon en flicka kunde ha. På pricken lik sin mor med det långa blonda håret och de vackra rosenröda kinderna.

"Hej Skrutt" log Kommissarie Jenny Valentin då hennes systerdotter Moa rusat fram och kastat sig i hennes armar. "Vad stor du har blivit."

"Visst har hon." Malin Valentin log mot sin syster innan de utbytte den obligatoriska omfamningen. "Hon växer så det knakar - man hinner knappt ifatt henne längre."

"Ska vi?" frågade Jenny och höll upp entrédörren till Restaurang Brunnen. Hon hade hunnit med en vända till Stationen för ett möte med Kriminalinspektör Nico Wester och Polisintendent Ragnar Jansson innan hon skyndat vidare för lunch med sin syster och systerdotter.

Trots den mörka känslan på förmiddagen utanför den gamla kyrkan så kände hon sig nu på topp - mycket tack vare leendet på Moas läppar.

"Titta moster" sa Moa lyriskt då hon fick visa upp sin allra finaste docka. "Hon heter Skrållan."

"Jaha" log Jenny. "Det passar ju bra - Skrållan och Skruttan." Hon lyfte upp Moa och pussade hennes kalla kinder. "Jag kan inte förstå hur stor du blivit."

De slog sig ner vid bordet, lät jackor och handväskor hänga över stolsryggarna och såg hungrigt ner i menyn. Den manlige servitören fick sedan motta en beställning på en Dagens Fisksoppa, en Ceasarsallad - och lilla Moa.

"Pannkaka."

Dessvärre skakade servitören på huvudet.

"De har inte pannkaka gumman" sa Malin. "De har pizza eller korv eller..."

"Pannkaka" fortsatte Moa grinande.

Servitören log och bad om att få återkomma. Minuten senare levererade han den glada nyheten att kocken minsann skulle ge sig på ett försök att ordna fram tre stycken pannkakor.

"Kan ju bara vara en så söt liten Skrutt som kan smälta folks hjärtan" log Jenny då servitören åter lämnat dem. "Hur mår ni då?"

"Jo tack, det är bra - men nätterna är en börda" svarade systern, som arbetade som sjuksköterska på sjukhusets akutavdelning. "Även fast Johan lämnar Moa på dagis på morgonen och sen arbetar hela dagen så kommer jag inte riktigt till ro med att sova på dagarna." Hon skakade på huvudet. "Nej, jag är inte skapt för att arbeta natt men just nu är det den bästa lösningen för att vi ska få ihop vardagspusslet."

"Hinner ni ses något då?"

"Ja - kanske inte så mycket som man skulle vilja men att enbart arbeta förmiddagspasset skulle vara ett alldeles för stort tapp rent ekonomiskt."

Jenny nickade förstående medan hon tog en klunk ur vattnet. Moa lekte med sin docka, såg på sin moster, log sitt bredaste leende och fortsatte sedan att kamma dockans hår.

Det lilla knytet, tänkte Jenny. Hon mindes den dag lilla Moa kom till världen - hur hon vakat vid telefonen i väntan på Johans samtal från förlossningen. Man såg redan första dagen att den ungen skulle komma att växa upp till en riktig pojkfara. Men än så länge var hon en oskyldig liten sötchock - sin mosters stolthet.

"Hur går det för dig då?"

"Nja" sa Jenny då frågan avbröt hennes tankar. "Mycket arbete hela tiden - sena kvällar och tidiga mornar."

Malin log. "Jag är inte avundsjuk." Hon hjälpte en frustrerad Moa att få på dockans klänning. "Något nytt i 'Bokstavsmorden'?"

"'Siffermorden'" rättade Jenny henne. "Nej - i nuläget så har jag inte så mycket att gå på."

"Hemskt det där. Vet du om det var någon bekant till oss? Eller snarare till mamma?"

Jenny skakade på huvudet. "Jag har visserligen inte talat med mamma men jag tror inte det. Möjligen om hon skulle vara bekant med det kvinnliga offrets föräldrar men jag tvivlar på det då det finns en viss åldersskillnad totalt sett. Och det manliga offret kom utsocknes."

"Så med allt arbete så antar jag att du inte hinner med några män?"

Jenny såg på sin syster som sträckte ut tungan i en sensuell gest. Hon småskrattade åt tilltaget och skakade på huvudet.

"Som det är just nu så kommer männen lite i skymundan."

"Jaha." Malin ryckte på axlarna samtidigt som servitören kom med den väldoftande maten.

Moas ögon spärrades upp och hon såg leende på sin mor då tallriken med pannkaka ställdes framför henne.

"Namnam" sa hon gång på gång, studsade upp och ner på stolen och hade stora bekymmer med att dölja sin förtjusning. "Mamma, mamma - dela."

"Sitt lite stilla, är du snäll" beordrade Malin medan hon skar upp pannkakorna i mindre bitar.

Jenny smakade av sin Ceasarsallad, saltade sedan lite extra över såsen och njöt av vitlöksbrödet. Hon tyckte om att träffa sin syster - synd var att det hände allt för sällan. Antingen så arbetade hon eller så arbetade Malin. När hon väl tog ut en ledig förmiddag så behövde Malin sova efter ett nattpass.

"Jag besökte Åseda på förmiddagen."

"Jaså?" Malin sörplade en sked av fisksoppan. "Jag har inte varit där på flera år." Hon torkade med servetten runt Moas gräddindränkta mun. "Var du där angående morden?"

"Ja precis - men jag hamnade utanför kyrkan."

Malin såg med sorgsna ögon på henne. "Men hjärtat" sa hon med pedagogik i rösten. "Det där är längesedan nu."

"Jag vet - men jag kände fortfarande av det där mörkret som omringar den. Jag stod där bara någon minut - men det kändes som en hel evighet. Som om tiden stannade av och som om en röst försökte locka mig till att gå dit in."

"Men du gick väl inte in?"

Jenny skakade på huvudet.

"Nej - det skulle aldrig falla mig in."

"Bra - men jag trodde du hade bearbetat det där en gång för alla? Jag dömer absolut inte om det inte är så men - det är trots allt trettio år sedan."

"Jag har bearbetat det." försäkrade Jenny sin syster. "Men det var ändå påtagligt att stå inför det igen. Platsen, minnena, allt det där mörka - jag kunde höra hur det kallade på mig." Hon suckade och log mot Moa som mumsade i sig pannkaksbit efter pannkaksbit. "Det kommer nog alltid att finnas inom mig."

72

"Troligen - visst är det så" sa Malin och lade sin hand över Jennys. "Men det kan inte skada dig längre."

"Jag vet" log Jenny och klappade hennes hand. "Tack - vi talar om något annat."

"Okej - tillexempel dina planer för Julafton?"

~ TIO ~

JACK MOLIN såg frustrerat framför sig. Det var tisdag kväll och fortfarande höll skrivkrampen honom i ett stenhårt grepp. Likaså påminnelsen om hans alkoholintag kvällen innan. Hur man nu kunde vara bakfull så många timmar? funderade han medan han suckandes såg på den fortsatt tomma dataskärmen.

Inte heller hans privata forskning om Kommissarie Jenny Valentin hade varit tillfredställande. Hon hade Facebook - dock låst för icke-vänner, Instagram - men det var samma sak med det. I övrigt fanns inte mycket att finna om henne på Internet. Visst - hennes inkomst, hennes adress och andra bagateller fanns att finna. Men inget som Jack fann intressant.

Han hade ju hoppats på en öppen Facebook eller Instagram - med massor utan lättklädda bikinibilder från någon utlandssemester hon gjort tillsammans med väninnorna. Det var ju inte så att presskonferenserna avslöjade allt för mycket av henne där hon doldes bakom alldeles för formella klädesplagg.

"Det är Lisas fel det här" muttrade han för sig själv.

Hans storbystade veckobesök var fortsatt förkyld och inte heller ikväll skulle han få idka något samlag.

Aftonbladet, DN, TT, Expressen - de flesta nyhetsblaskor hade publicerat nya fotografier från morden i Småland.

22014

Skrivet med offrens blod på väggen ovanför den säng där offren påträffats. Men vad betydde det? Vad stod de för? Jack hade spenderat en hel timme åt att söka efter sifferkombinationen på nätet men sen insett att om inte ens rättsväsendet kunde lista ut det så skulle troligen inte några musklick på en dator kunna göra det.

Han knäppte igång tv:n och lade sig tillrätta i soffan. Han hade inte den rätta fokusen, hittade inte det rätta flytet och ingen av de nyheter som florerade på samtliga nyhetstablåer lockade honom till att skriva. Han var fast i 'Siffermorden', fast i Kommissarie Jenny Valentin - men utan ett genombrott för henne skulle inte heller han få ett.

KOMMISSARIE JENNY Valentin tog lättsamt av sig BHn och kröp ner under det varma duntäcket. Hon lät den lilla sänglampan kasta sitt sken över väggen medan hon lät tankarna vandra tillbaka till dagens alla intryck.

Hon log medan hon tänkte på Moa. Den söta lilla skrutten som alltid fick henne att skratta - oavsett vad dagen i övrigt haft att bjuda på. Hon växer alldeles för fort, konstaterade hon. Efter att ha släckt lampan föll hon in i en sömn med mörka drömmar.

Kyrkklockorna klämtade medan hon klädd i sin vita nattklänning med staplande steg vandrade över det våta gräset mellan gravstenarna. Regnet öste ner och fläckade hennes klänning så det mesta blev genomskinligt.

Framme vid den svarta porten stannade hon - tungt andandes och med tårar i ögonen medan regnet fick det blonda håret att lägga sig platt över ansiktet.

Den mystiska rösten var tillbaka. Viskandes - nästan så att hon inte kunde urskilja dess ord. Den kalla vinden slet tag i portdörrarna - slet dem öppna - och innanför stod den mörka gestalten iklädd prästskrud. Hon föll till knä, knäppte sina händer och slöt ögonen.

Gud som haver barnen kär, se till mig som liten är.

Hon vaknade med ett ryck, alldeles genomsvettig och med tung andning. Hon kände hjärtat slå i bröstet - med ett tryck som om någon försökte pressa ner henne på rygg igen. Hon skakade på huvudet och hörde återigen signalen från mobiltelefonen ute i hallen.

Skyndsamt och yrvaken kastade hon av sig täcket, satte fötterna mot det svala golvet och stapplade mot skenet från mobiltelefonen.

"Valentin."

I andra änden hörde hon Polisintendent Ragnar Jansson röst. Han lät lika trött han men hade en allvarlig ton i rösten när han berättade om det nya mordet.

Jenny var så trött att hon knappt uppfattade vad Ragnar sa. Naken stod hon huttrade i hallen medan svetten fortsatte rinna nerför hennes kropp.

När de avslutat samtalet samlade hon sig någon minut, gick in i sovrummet och tände lampan, drog en filt om sig och gick ut till soffan i vardagsrummet. Väl där ringde hon till Inspektör Nico Wester.

"Då ses vi där" sa hon. "Jag behöver verkligen duscha innan..." Hon tystnade. "Nej Nico, det beror inte på att jag doftar sex." Hon skakade på huvudet medan Nico fnissade barnsligt i den andra änden. "Ge mig en timme - kanske mer."

Hon stirrade ut i mörkret. Mer fokuserad på den läskiga och mystiska drömmen än på det nya mordfallet som väntade på hennes ankomst.

Det var den där jävla kyrkan, svor hon för sig själv. Varför var hon tvungen att vandra förbi den? Nu skulle säkerligen alla minnen i hennes undermedvetna vakna till liv igen - alla de drömmar som hon så länge kämpat med att få väck.

Nej, tänkte hon och reste sig. Nu måste jag komma in i duschen. Och få i mig en kaffe innan jag somnar om igen. Visserligen fanns där ingen risk för att hon skulle kunna somna efter den där drömmen men, lite kaffe kunde inte skada. Särskilt som hon skulle köra hela den långa sträckan till Åseda i mörker och i värsta tänkbara väder.

Snön föll utanför fönstret medan hon laddade kaffebryggaren med nytt pulver och tryckte igång den innan hon steg in i badrummet.

Hon studerade sin spegelbild och borstade tänderna medan hon inväntade lagom temperatur på vattnet, klev sedan i badkaret och lät de ljumna strålarna träffa kroppen. Hon hade kunnat lägga sig ner i karet - bara struntat i allting, legat där någon timme för att sedan bege sig tillbaka till sängen. Det var så trött hon var - det var så dåligt med sömn hon fått under de fyra timmar som hon sovit.

Tillsist vred hon mottvilligt av på kranen, klev ner på golvet och virade en handduk runt sig. Vidare ut i hallen där hon kände den härliga doften av nybryggt kaffe som spred sig från köket. Hon skyndade in i sovrummet, torkade halvhjärtat större delen av kroppen och virade sedan handduken om håret innan hon öppnade garderoben för att klä sig.

Trosor, svarta jeans - så på med BHn, en urtvättad t-shirt och ovanpå den en tjockare bomullströja i en vit nyans. Håret hade inte hunnit torka då hon kastade handduken på sängkanten utan droppade fortfarande nerför hennes ansikte.

Skit samma, tänkte hon och bestämde sig för att bara låta mössan dölja det mesta av kaoset.

Ute i köket tog hon fram en termos från skåpet ovanför diskbänken, hällde upp kaffe i en kopp och lät resten fylla termosen. Hon kände efter - var hon kanske hungrig? - men bestämde sig för att hon inte behövde äta. Hon kunde köpa något från någon bensinmack senare.

Det varma kaffet rann nerför hennes strupe medan hon knöt på sig en känga i taget mellan klunkarna. Varför skulle det ske ett mord just i natt? Varför kom de alltid vid det mest olägliga tillfället?

Hon fick på sig den röda rocken och den vita mössan innan hon tog den sista klunken ur kaffekoppen. Hon ställde den på diskbänken och tog sedan för säkerhetsskull en sista titt i spegeln inne i badrummet.

Jag ser ut som en gammal tant, insåg hon då den osminkade reflektionen stirrade tillbaka på henne. En gammal tant i svamphatt.

Men hon hade inte tid att göra något åt det - det hade redan gått mer än en halvtimme och det tog minst fyrtio minuter att färdas sträckan, kanske mer i detta väder. Hon tog termosen, klev ut i trapphuset och låste dörren bakom sig innan hon skyndade nerför trappan. Utanför porten drog vinden med sig snön som yrde runt hennes kängor medan hon vandrade över gården och bort till Volvon.

Hon startade bilen, drog på full AC och värme innan hon klev ur för att skrapa rutorna fria från den hårda frosten. Minuten senare satt hon åter i bilen och väntade på att den sista imman skulle lämna framrutan. Den digitala klockvisaren avslöjade att timman slagit tre på morgonen.

Hon skakade under kläderna och svor åt fordonet i hopp om att den skulle börja spotta ur sig värmen i ett snabbare tempo. Tillsist verkade hennes vädjan besvarad och den sista imman skingrade sig.

Hon backade ut från parkeringen, lade i växel och rullade ut på den snötäckta vägen just som mobiltelefonen återigen ljöd från handväskan. Sekunden senare ljöd signalen i bilens blåtandssystem. Hon svarade via ratten och hörde återigen Nicos stämma.

"Jag är här nu - hur går det för dig?"

"Åker hemifrån nu." Hon svängde ut på den större riksvägen som till hennes stora lättnad nyligen blivit plogad från den värsta snön.

"Bra" fortsatte Nico. "För du behöver verkligen se detta."

"Vad menar du?"

"Jenny." Hon hörde allvaret i hans röst. "Det finns en risk att vi har att göra med en seriemördare."

"Du menar...?" sa hon och tystnade.

"Ja - vi har fått nya siffror."

DEL 2

Den som hånar den Ringe
hädar hans skapelse

~ ELVA ~

I DUNKLET såg blodet nästan svart ut. I det lilla sken som fanns från omgivningens gatulampor. Konstaplar med ficklampor sökte igenom parken - steg för steg, noggrant tillsammans med sökhundar och metalldetektorer. Avspärrningarna var redan uppsatta och de första journalisterna fanns redan hängandes längst de blåvita banden.

Kommissarie Jenny Valentin parkerade sin Volvo längst trottoaren och klev ur bilen samtidigt som Inspektör Nico Wester slöt upp intill henne.

"Hej" sa han.

Jenny nickade med trött blick. "Vad har vi?" Hon började gå mot brottsplatsen och likt en lydig hund gick Nico fot vid hennes sida.

"Michaela Lund - 28 år. Knivskuren till döds - enligt Jan Evert någon gång mellan klockan tjugotre och nollett. Knivskuren i halsen - dog troligen inom någon minut på grund av förblödning."

"Vittnen?"

"Nej."

De passerade avspärrningarna och Jenny såg med motbjudande blick på de många journalister som samlades framför de bevakande konstaplarna. Hur har de kommit hit så fort? Hon förstod det inte. Sover de här på hotellet eller?

"Vem fann henne?"

"Du kommer inte tro mig" sa Nico och pekade mot en man i dunjacka och med luvan från sin tröja dragen över huvudet. "Erik Karlsson."

Jenny stannade upp. "Den Erik Karlsson?"

Nico nickade och ryckte på axlarna. "Det var han som larmade. Påstår att han ska ha rökt en cigarett ute på balkongen då han hörde ett skrik från parken - när han sedan gick för att se efter så ska han ha upptäckt Michaela i snön."

"Vad är oddsen?" Jenny skakade på huvudet. "Han ska in på förhör igen - be en konstapel föra honom till stationen."

"Noterat" svarade Nico och gick iväg mot Erik Karlssons håll.

Jenny studerade noga området medan hon närmade sig platsen där offret låg. Det snöade fortfarande kraftigt och flera avgörande spår kunde ha gått förlorade under det vita täcket.

"Hej Jan" sa hon till Kriminaltekniker Evert som stod på knä intill liket. "Vad kan du berätta?"

Jan nickade lätt och reste sig upp. "Hon har fått halsen uppskuren med ett vasst föremål - förslagsvis med en kniv - därmed också kroppspulsådern vilket lett till förblödning." Han hostade lätt och drog handsken över den röda näsan. "Vad jag kan bedöma i nuläget så bör detta ha skett någon gång mellan klockan tjugotre och nollett."

"Nico sa det."

"Jaha, han gjorde det. Nåväl - mer vet jag inte utan en obduktion på bårhuset."

"Med halsen skuren på det sättet - det finns ingen direkt möjlighet att skrika?"

"Nej, det har jag mycket svårt att tro att någon lyckas med. Båda stämbanden är defekta."

"Så skriket som vittnen hört - om det nu var denna kvinna som skrek - det måste ha skett när hon överrumplades?"

"Korrekt bedömning" sa Jan som till Jennys förvåning var på ett bättre humör än vanligt. Och detta trots den tidiga timman och det vidriga vädret.

"Fann man henne på mage eller rygg?"

"På mage" svarade Jan då han åter stod på knä intill liket. Han hade återigen tänt den lilla pannlampan och studerade noga offrets händer. "Troligen har gärningsmannen skurit henne bakifrån och sedan släppt henne varpå hon föll framåt."

"Tack Jan" sa Jenny då hon i ögonvrån såg Nico vandra åt hennes håll. "Du skickar en obduktionsrapport så fort du kan, är du snäll."

"Javisst Kommissarien" sa Jan och viftade med handen som om det vore en självklarhet. "Jo Kommissarien - det var en liten detalj till." Han lyfte upp offrets vänstra arm.

"Vad är det där?" Hon lutade sig fram för att lättare se, kisade och stod sedan förvånat och bara gapade. "Det är inte sant? Hur hann man med det där?"

"Det ligger på ditt bord att lista ut" skojade Jan. "Men troligen så har gärningsmannen ristat in det med mordvapnet efter det att offret bragds om livet."

Jenny skakade på huvudet samtidigt som Nico slöt upp.

"Så du har sett det?" frågade han. "Sjukt."

"Det saknas en siffra?" Hon såg åter ner på de blodigt inristade siffrorna på offrets underarm. "Eller? Kan gärningsmannen ha blivit distraherad och missat en siffra?"

Nico ryckte på axlarna. Visst saknades det en siffra - om man jämförde med det budskap som lämnats vid de första 'Siffermorden' men då de inte visste vad siffrorna delade för syfte så kunde detta lika gärna vara rätt kombination. Om där ens fanns en kombination? Gärningsmannen kanske bara hittade på några sifferkombinationer i all hast och då fanns där kanske inget budskap bakom dem?

"Vi får analysera det på Stationen. Nu är jag hungrig - är du?"

Det var Jenny. Det fanns inte mycket mer de kunde göra på platsen - nu hade hon sett det hon behövde se och resten skulle komma i rapporterna och obduktionsutlåtandet. Hon nickade.

"Då åker vi tillbaka till Växjö." Hon såg bort mot den samlade median. "Innan gamarna sätter sina klor i oss."

"Jag åker med dig" sa Nico som åkt med en av patrullerna till platsen.

Vädret blev allt sämre medan de lämnade Åseda och åter befann sig på Riksväg 23. Snön föll tätare och de tappra plogbilarna hann helt enkelt inte med. Volvon höll sig stabil men vid högre hastighet började den vandra på det hala väglaget.

"Har du någon teori?" frågade Jenny medan hon skickligt manövrerade fordonet.

"Nej - bara den att jag tror att det är samma mördare. Men hur gärningsmannen väljer sina offer vill jag låta ha osagt. Detsamma gäller siffrorna - ingen av teorierna känns det minsta logisk."

"Och Erik Karlsson?"

"Bra fråga." Han skakade på huvudet och drog en djup suck. "Det är högst misstänksamt att han lyckas vara närvarande vid de olika morden. Samtidigt förstår jag inte varför han skulle utsätta sig för den misstanken om han begått brottet? Vi skulle inte ha misstänkt han om han inte själv ringt in samtalet. Så är han den skyldige - varför dra misstankarna till sig?"

Jenny satt tyst. Funderande. Nico hade en poäng i det han sa - Varför skulle Erik Karlsson vilja ha ögonen på sig om han var skyldig? Det fanns ingen logik i det. Samtidigt var det misstänksamt när hans namn är det hetaste vid tre mord - på två olika platser och tidpunkter.

"Du har rätt. Men just nu är han vår gemensamme nämnare. Vi får se vad förhöret ger oss."

De satt tysta en stund. Jenny kunde nu höra sin egen mage knorra och kurra under den tjocka rocken. I detta nu ångrade hon sitt val att inte bre den där smörgåsen innan hon åkt.

"Vill du ha lite kaffe?"

"Ja tack."

"Det ligger en termos i backsätet - om du häller upp åt dig i termoskoppen så kan jag ta i denna." sa hon och höll upp en urdrucken pappersmugg från Starbucks.

Medan de avnjöt kaffet släppte Jenny för en stund tankarna på mordet och såg på sin kollega.

"Får jag ställa en privat fråga?"

Nico såg på henne och nickade innan han fyllde på sin kopp. "Visst."

"Hur är det att arbeta med detta och samtidigt ha familj?"

"Om jag ska vara ärlig så är det ganska tufft ibland." Han tog en klunk. "Men jag tycker att det var än värre som patrullerande polis - då var man rädd att man skulle stoppa en bil eller krogslagsmål där föraren eller någon bråkstake skulle dra vapen mot dig. Inte så att man tänkte på det hela tiden men det fanns där i bakhuvudet." Han pausade för ännu en klunk. "Då var det jobbigt att stoppa om Hanna och Jakob innan ett nattpass."

Jenny lyssnade och nickade.

"Man ville lova att man skulle komma hem igen. Nu är det sällan man utsätts för den faran även om de personer vi jagar verkligen är mördare - men man är medveten om det på ett annat sätt och de personerna hanterar vi ju annorlunda. I polistjänsten visste man aldrig vad som komma skulle."

Jenny nickade återigen till svar.

"Varför undrar du? Du har väl också varit i den tjänsten?"

"Jo" harklade hon sig. "Men jag har ingen familj att ta hänsyn till - om man inte räknar min syster och systerdotter."

Nico log. "Är det så att Kommissarien funderar på att gänga sig?"

Jenny log men svarade inte.

"Eller har du redan gängat dig? Herregud Kommissarien - ska jag gratulera till graviditeten?"

"Lägg av" svarade hon medan han skrattade högt. "Jag undrar bara hur man hanterar det."

"Jag förstår" sa han när han glatt sig färdigt åt sitt skämtsamma humör. "Men du går i de tankarna?"

"Det är klart" erkände hon. "Jag är trettiosju."

"Och?" sa Nico. "Jag är fyrtio och Jakob är sex. Hanna är fyra." Han tog en klunk ur koppen.

"Ja - men jag är kvinna."

"Äsch" log han. "Det är aldrig försent."

~ TOLV ~

JACK MOLIN öppnade sakta ögonen och fann sig fortfarande liggandes i soffan. Han måste ha somnat. TV:n stod på. Han sträckte sig efter mobiltelefonen. Halv sju? Han kände sig utvilad och inte konstigt var väl det - han måste ha sovit i tio timmar. Han reste sig och sträckte armarna i luften medan en gäspning lämnade hans strupe.

På skärmen på mobiltelefonen blinkade en notis. Han skrev in lösenordet och såg till sin förtjusning att det var en notis för en nyhetsuppdatering.

~ Extra! Nytt mord i Småländsk småstad i natt! ~

När han klickat på Aftonbladets notis och kommit vidare till nyheten såg han med skräckblandad förtjusning att det var i samma stad som tidigare. Åseda - tredje mordet på fyra dagar. Huruvida det fanns ett samband mellan morden var enligt nyhetsrapporteringen alldeles för tidigt att sia om - likaså huruvida detta mord hade något samröre med de tidigare 'Siffermorden'.

Han lade ner mobiltelefonen på bordet, reste sig för att uträtta ärende på toaletten. Medan han tvättade händerna studerade han det allt mer skäggiga ansiktet. Det klädde honom men nu skulle han nog inte låta det växa så mycket längre. Just nu såg det elegant ut - mer än så här skulle nog se ovårdat ut. Inte för att det spelade någon roll, tänkte han, vred av kranen och begav sig till köket. Inte så att jag har någon att göra mig vacker för.

Två smörgåsar med dubbla ostskivor, en kopp hett te medan kaffet stod och puttrade i bryggaren. Sedan skulle han minsann komma iväg till gymmet - med förhoppningar om att fler rapporter skulle ha läckt ut innan han kom hem igen så han kunde skriva en krönika.

Någonting stort händer i Småland, tänkte han. Läskigt - men stort. Tre mord på fyra dagar i samma stad. Det var inte Göteborg, inte Malmö, inte Stockholm - utan en liten håla med ett invånarantal på vad? Kanske sex-sjutusen? Tre mord i en sådan liten stad var högst anmärkningsvärt.

Han hann precis med att ta den första tuggan när mobiltelefonen började vibrera på bordet. Han tog upp den, såg på skärmen och svarade.

"Jack?"

I andra änden presenterade sig en doktor Melker och berättade vidare att hans ärende gällde Torben Molin. Jack stirrade tomt framför sig medan doktorn berättade att hans far drabbats av en stroke. Hans läge var kritiskt och Jack ombads infinna sig snarast på Karolinska Universitetssjukhuset.

Jack satte högsta fart.

KUNDE ERIK Karlsson trots allt vara mördaren? Kommissarie Jenny Valentin såg honom djupt i ögonen då hon just placerat sig framför honom i förhörsrummet. Hon var inte säker på det - men samtidigt var det misstänksamt att just denne man varit på plats vid två mordtillfällen.

"Så" sa Inspektör Nico Wester trött. "Berätta."

"Jag har redan berättat allt för snuten" svarade Erik.

Jenny suckade. "Men nu ska du berätta för oss."

Erik lutade sig tillbaka i stolen, drog handen genom det flottiga håret och tog ett djupt andetag. "Var ska jag börja?"

"Börja med det skrik du hörde" beordrade Nico.

"Jag stod ute på min balkong, rökte en cigarett och det var då som jag hörde ett avlägset skrik."

"Vad var klockan?"

"Jag vet inte? Jag skulle gissa på halv tolv kanske."

Jenny antecknade. "Och sen - efter att du hört skriket?"

"Det var ett ganska högt skrik, kändes som ett långt med och sedan - sedan blev det plötsligt tvärtyst. Jag fick en underlig känsla och bestämde mig efter några minuter för att gå ut och kolla upp det."

"Hur visste du att det kom från parken?"

"Det visste jag inte" svarade Erik och ryckte på axlarna. "Men det lät som det kom från det området - jag gick bara åt det håll som jag trodde att skriket kom ifrån."

Det kunde visserligen stämma. Att skriket upphört så abrupt var inte konstigt i sig och stödde Jan Everts teori om att offret fått halsen uppskuren i all hast. Jenny antecknade i sitt block och bad sedan Erik att fortsätta sin redogörelse.

"När jag närmade mig Bistro så tyckte jag mig se något i parken, något eller någon som låg intill trädet. När jag kom närmare såg jag att det var en människa - när jag såg blodet så larmade jag omedelbart polisen."

"Du gick alltså fram till personen?" frågade Nico.

Erik nickade.

"Rörde du vid henne?"

"Nej. Jag förstod direkt att hon var död."

"Så du kontrollerade aldrig pulsen?"

"Nej. Jag insåg att hon var död då hon inte blinkade med ögonen."

"Rörde du någonting annat?"

Erik skakade åter på huvudet. "Nej, inte vad jag kan minnas."

"Såg du någon annan i parken eller mötte du någon på vägen?"

Jenny antecknade medan Nico fortsatte att fyra av fråga efter fråga.

"Nej" svarade Erik igen. "Inte en själ."

Jenny suckade och släppte pennan ovanpå det vita blocket. "Varför rökte du klockan halv tolv på natten?"

"Jag var röksugen."

"Har du inget arbete att gå till på morgonen?"

Erik nickade.

"Var arbetar du?"

"Svetsare - på 'Allt i Plåt'."

Jenny var trött och förhöret ledde ingenvart. Om Erik Karlsson inte var mördaren så hade de inte mycket mer att gå på denna gång än vad de hade vid de tidigare morden.

"Äger du en kniv, Erik?" frågade Nico.

Erik fnös. "Vem äger inte en kniv?"

Nico och Jenny satt tysta och såg på den nu mer nervöse Erik.

"Vad?" sa han bryskt. "Ni tror väl inte att jag har gjort det här?"

Jenny ryckte på axlarna och såg på Nico.

"Du är på båda mordplatserna - har en liknande historia vid båda tillfällena. Så säg det du - är det bara en slump att du röker en cigarett på din balkong vid två olika mordtillfällen?"

Erik stirrade chockerat framför sig. Vacklade med blicken medan han pendlade den mellan de båda förhörsledarna. Han skakade på huvudet och svalde hårt.

"Är det en slump?" upprepade Nico.

"Ja."

"Säker på det?" frågade Jenny.

Erik rynkade ögonbrynen och såg med ilska på henne. "Jag har fan inte dödat någon."

"Och det har du förstås ett alibi för?" pressade Nico honom.

"Nej - men jag svär på att jag inte gjort det."

"Okej" fortsatte Jenny och reste sig upp. "Du får stanna här en stund till. Det är möjligt att vi behöver ställa några fler frågor senare."

"Och om jag inte vill?"

"Det avgör tyvärr inte du."

Nico log mot Erik innan även han reste sig och följde Jenny ut ur förhörsrummet. När han stängt dörren efter sig skakade han på huvudet och drog handen över ansiktet medan han dolde en gäspning.

"Kaffe?"

Han nickade och de båda gick mot matsalen.

"Så vad tror du?" frågade han.

Jenny ryckte på axlarna och svängde runt hörnet och vidare in i den lilla matsalen.

"Kan det vara en jävla slump bara?"

"Möjligt" svarade hon, hällde upp kaffe i kopp och räckte den till Nico.

"Tack."

"Det kan absolut vara så att hans utsaga är sann." Hon fyllde en kopp till sig själv och slog sig ner intill honom vid ett av borden. "Han har så gott som alibi för mörden i lördags - jag har svårt och se att han skulle ha hunnit skjuta Emilia och Robert, sedan hinna ut genom fönstret och in i sin lägenhet för att möta Vera i trapphuset."

"Det låter rimligt att anta."

"Så om det inte var han som mördade och lämnade det kryptiska budskapet i lördags - varför skulle det vara han som mördat inatt?"

Jenny hade rätt - Nico fick inte heller ihop det. Och hur var det nu med siffrorna? Budskapet var annorlunda denna gång. Det saknades en siffra i förhållande till budskapet som lämnades på lördagsnatten.

"Siffrorna" sa han. "Det bestod av fyra denna gång istället för fem som i lördags."

"Visst gjorde det?"

"Japp - 22014 i lördags och 2203 inatt."

Jenny funderade men kände hur hjärnan inte ville samarbeta. Vad betydde det? Och varför utsattes dessa människor för det?

"Med tanke på att mördaren ristat in 2203 på offrets arm efter att hon bragds om livet så kan man ju misstänka att Erik gjort detta och sedan larmat polisen?" Ja, tänkte Jenny. Om det nu är Erik vi ska fokusera på?

"Han hörde skriket halv tolv och larmet kom in tio över tolv. Så lång tid tar det inte att gå från hans lägenhet till parken." fortsatte Nico.

"Där har du en poäng förstås."

De avbröts då en konstapel knackade på dörrkarmen och påkallade deras uppmärksamhet.

"Förlåt att jag stör, Kommissarien, men du har besök. Michaela Lunds föräldrar är här."

"Tack" sa hon, tog en rejäl klunk ur koppen och stålsatte sig för ett påfrestande möte.

~ TRETTON ~

JACK MOLIN lyssnade noga till det som doktor Lars Melker hade att predika. Flertalet medicinska termer som Jack bad om att få förklarat på ett mer förenklat tal än fackspråk. Lars Melker talade lugnt och sansat tills dess att Jack var införstådd med situationen.

En stroke.

Det var alltså det som hade drabbat hans far, Torben Molin. Under natten hade ambulans tillkallats till hans hem - en herrgård utanför samhället Vagnhärad. Läget uppgavs nu vara stabilt men det fanns ännu inga indikationer på att för tidigt ropa hej. Det skulle krävas en längre tid av vård och rehabilitering för att få farsgubben i någorlunda form igen.

"Han har ingen känsel i vänster arm" sa Melker.

Jack nickade och försökte följa med i samtalet. Torben var trots allt åttiotvå år - inte direkt purfärsk, tänkte han. Och inte hade de den bästa relationen heller.

"Din fars stroke har även påverkat musklerna i ansiktet vilket gör att vänster sida släpar efter" fortsatte Melker.

De satt mittemot varandra inne på doktor Melkers kontor. Det hade tagit Jack två timmar att ta sig till Karolinska Universitetssjukhuset. Med alla nybyggen runt sjukhusområdet och dess närhet hade köerna hopat sig av trafikanter.

"Kan jag träffa honom?"

Doktor Melker - med den vita rocken, det tunna vattenkammade håret och en prydlig vit mustasch - nickade medgivande.

"Han har fått morfin och det är inte säkert att han är så lätt att tala med men självfallet ska du få besöka honom." Han log. "Om du inte har några andra frågor så talar vi vid senare?"

Jack skakade på huvudet. Han kunde inte ta in mer information i detta nu.

"Det är bara att höra av dig" sa Melker och reste sig.

"Tack" svarade Jack, reste sig och tog doktorns utsträckta hand. "Det ska jag."

"En sjuksyster visar dig till din far" fortsatte Melker.

Jack klev ut från Lars Melkers kontor och vidare nerför korridoren. Han tyckte inte om sjukhus - det fanns inget rogivande över en sådan plats. Så sterilt. Så tråkigt. Även om det var en plats dit folk sökte sig för att bli friska så var det likväl en plats dit folk sökte sig för att dö.

Hemskt tanke, tänkte han. Men ack så sann.

"Ursäkta?" Den söta sjuksköterskan vände sig mot honom. "Jag ska besöka min far - Torben Molin?"

"Javisst" log hon. "Den här vägen - rum sjutton."

Hon gick före och visade honom vägen. Trots sin fars öde och att tankarna borde ha funnits hos honom och det kommande ansvar som skulle vila hos Jack så kunde han inte låta bli att vara mer fokuserad på sjuksköterskans bakdel medan den vaggade framför honom.

"Här är det - rum sjutton" log hon. "Säg till om det är något mer."

"Tack" sa han och gav henne några sista försynta blickar medan hon vandrade vidare nerför korridoren.

Utanför fönstret sken solen. Det var en vacker decemberförmiddag. Jack kunde komma på minst ett tiotal saker som han hellre kunnat utföra en sådan dag än att befinna sig här. Men en stroke kunde man förstås inte styra över - det var inte hans fars fel. Även om Torben inte var den mest hälsosamma personen i Jacks närhet så var en stroke inte något som Jack räknat med.

Han flyttade fram besökstolen, ställde den intill sängen, satte sig tillrätta och tog sin fars hand i sin.

"Pappa" sa han. "Pappa, hör du mig?"

Sakta vred hans far huvudet åt hans håll medan han öppnade de trötta ögonen. Doktor Melkers beskrivning av Torbens tillstånd visade sig högst besannat då hans fars leende inte dolde den hängiga vänsterkinden. Även ögonlocket släpade efter.

"Jack? Du kom."

"Men det är väl klart." Han smekte försiktigt sin fars hand med tummen. "Du är ju min pappa."

Kanske inte den bästa far man kan ha, tänkte han. Men ändock den enda jag har.

KOMMISSARIE JENNY Valentin såg med sorgsna ögon på paret framför sig. Michaela Lunds far torkade

103

ögonen och tröstade sin fru med en öm klapp längst ryggen.

"Jag beklagar verkligen" sa hon.

Fadern nickade förstående men verkade inte ta hennes ord på största allvar. Han förstod väl att Jenny hade några obligatoriska och intränade meningar när sådana här besked lämnades till anhöriga.

"Jag måste ställa några frågor - om ni tror att ni orkar?"

Modern torkade tårarna med en servett och nickade.

"Vad som..." Hon snyftade och drog ett djupt andetag.

"Allt som kan vara till hjälp för att få fast den som gjort detta."

"Kan ni komma på någon som skulle ha velat Michaela något ont?"

De båda skakade på huvudena.

"Hon har inte sagt något om någon? Inga hot? Ingen som besvärat henne på något sätt?"

"Nej, inget som hon berättat för oss." svarade fadern.

Jenny lutade sig tillbaka i fåtöljen, lät paret få några sekunder att lugna sig - hinna reflektera och trösta varandra.

"Kan ni berätta lite om Michaela?"

Modern log och berättade sedan med stolthet i rösten om dottern som inom kort skulle varit klar med sin vårdutbildning.

"Hon arbetade extra i äldrevården medan hon studerade."

Michaela skulle fylla tjugonio i januari. En glad och energisk kvinna som kunde få alla i ett rum att le bara genom sin närvaro.

"Hon älskade verkligen sin pojkvän" fortsatte modern och berättade att hon och fadern varit skeptiskt inställda till mannen i början - mest på grund av att han var muslim och väldigt troende.

"Du förstår" sa fadern. "Vi alla bär väl på fördomar - men med tiden lärde vi känna honom. En mycket trevlig och hårt arbetande man."

Jenny kunde förstå deras fördomar. De var inte ensamma om dem - många i Sverige bär på rädsla för det som de inte förstår sig på.

"Det finns ingen risk för att mannen är radikaliserad?"

Modern skakade bestämt på huvudet.

"Absolut inte" sa fadern. "Yamal är född här och hans släkt har bott i Kalmar i generationer."

Jenny nickade förstående och antecknade i sitt block.

"Vad heter han mer än Yamal?" frågade hon och såg på fadern. "Det är bara en rutin." Hon log. "Det finns absolut inga misstankar bakom."

"el-Shejk." svarade modern. "Yamal el-Shejk."

Jenny antecknade och kände samtidigt hur mobiltelefonen vibrerade i fickan. Hon behövde avsluta samtalet med föräldrarna men ville samtidigt pumpa dem på så mycket information som möjligt.

"Vet ni vad Michaela gjorde ute vid denna sena tidpunkt?"

Modern bröt ihop igen och fadern lade återigen sin hand över hennes rygg.

"Hon var på en mindre tillställning - tjejkväll skulle man kunna kalla det - hemma hos en studiekamrat. Jag gissar på att hon var på väg hem när det hände." sa han med nya tårar i ögonen.

"Hem?"

"Ja, hem till oss." fortsatte han mellan snyftningarna. "Hon bor - eller bodde - i vår källare medan hon studerade."

Återigen vibrerade mobiltelefonen i Jennys ficka. Hon bestämde sig för att hon fått tillräckligt med information av föräldrarna. Hon reste sig, beklagade sorgen än en gång och räckte över sitt visitkort till fadern. Hon gav modern en sista klapp på ryggen och lämnade dem gråtandes i besöksrummets soffa efter att hon lovat att göra allt i sin makt för att finna den skyldige.

Två missade samtal - båda från Inspektör Nico Wester. Hon tryckte på återuppringning och innan den första signalen ljudit svarade Nico.

"Vi har hittat mordvapnet" sa han.

"Vilket av dem?" undrade Jenny medan hon vandrade genom korridoren mot sitt kontor.

"Kniven" svarade Nico, som åter befann sig i Åseda för vidare utredning. "Jag bestämde mig för att ta reda på den exakta tiden det tar att gå mellan Erik Karlssons bostad och parken. Det var då jag fann den."

"Vart exakt fann du den?"

"Utanför Eriks bostad - alldeles nedanför hans balkong."

Jenny klev in på sitt kontor, lade blocket på skrivbordet och slog sig ner i kontorsstolen. Var det Erik trots allt? Hon lutade sig tillbaka och funderade.

"Hallå - är du kvar?"

"Ja, ja. Jag behövde fundera lite."

"På vad? Det är väl bara att anhålla honom?"

"Ja, självklart. Jag funderar bara på hur jag ska använda det emot honom vid nästa förhör." Hon lutade sig framåt och kände hur magen skrek av hunger. "Bra jobbat, Nico. Kom in så fort du kan sen. Jag kontaktar Gunilla för att presentera de nya bevisen och begär Erik Karlsson häktad."

"Bra - jag ska bara göra klart här så ses vi på stationen."

Efter att de avslutat samtalet lade Jenny händerna över den skrikande magen. Jag vet, tänkte hon. Jag ska - men först måste jag ringa Gunilla.

Hon slog numret till åklagaren samtidigt som hon grimaserade av hunger. Tur var i alla fall att det inkommit lite banbrytande genombrott under denna annars väldigt sorgsna dag.

Men var det verkligen så lätt? Stavades anledningen till hela denna tragiska vecka verkligen Erik Karlsson?

108

~ FJORTON ~

ÅKLAGARE GUNILLA Ström krävde ingen större övertalan för att godkänna häktningen av Erik Karlsson - dock krävde hon ytterligare bevisning inom fyrtioåtta timmar. Om så inte var fallet skulle Erik släppas på fri fot även om misstanken mot honom kvarstod. Kommissarie Jenny Valentin var nöjd när samtalet avslutades. Nu hade de två dygn på sig att få ihop pusslet. Två dygn att analysera och pressa den misstänkte i nya förhör. Hon gäspade där hon satt i kontorsstolen.

Klockan närmade sig sju och hon bestämde sig för att det fick räcka för dagen. Hon skulle åka hem - få i sig något att äta, ta en lång dusch och sedan bädda ner sig i soffan. Troligen skulle hon somna ganska omgående och vara utvilad inför ett nytt förhör med Erik Karlsson under morgondagen. Hon var nöjd - de hade fått ett genombrott.

Hon hade skickat hem Inspektör Nico Wester. De hade båda varit igång sedan tidig otta och de kunde båda behöva en god natts sömn. Åtminstone Jenny som med nattens mardröm inte sovit allt för djupt.

Vintervädret var än värre än under morgonen och snön föll än mer intensivt. Det bli åtminstone en vit jul, tänkte hon medan hon vandrade bort mot Volvon. Hon skakade på huvudet då hon insåg att hon återigen skulle behöva borsta fram bilen och återigen skrapa de isiga vindrutorna.

Trofast brummade bilen igång då hon vred om tändningen, drog återigen upp värmen på full styrka och klev ut för att göra sig kvitt snön och frosten.

När hon åter satt i bilen och rattade ut den från parkeringen förde tankarna henne till den mystiska drömmen. Den lilla flickan i sin vita klänning. Det ihärdiga regnet och den mörka natten som svepte in över henne medan kyrkklockorna klämtade från kyrktornet.

Den viskande röst som hon så väl kände igen men inte kunde tyda vad den ville säga. Dold bakom de svarta portarna. Dold i det dunkel som i sin tur dolde de mörka skuggorna. Det mörka förflutna.

Jenny skakade på huvudet. Hon hade redan gjort upp med det - med det mörka förflutna. Hon ville inte dit igen - ville inte kastas in i den otryggheten. Hon vägrade. Hon fick inte tappa det denna gång.

Stanna i ljuset, tänkte hon. Stanna i ljuset, Jenny.

DÖRRKLOCKAN RINGDE. Jack Molin såg sig en sista gång i hallspegeln och öppnade sedan dörren. Utanför stod hon äntligen - den storbystade Lisa, i all sin prakt.

"Hej" log han. "Kom in."

Hon var äntligen frisk. Äntligen fri från förkylningens kalla grepp - redo att ge Jack en rejäl omgång av lustfylld vuxenaktivitet. Hon steg in i hallen, knäppte upp den vita vinterjackan, hängde den på en av krokarna och böjde sig för att få av kängorna.

"Saknat mig?" frågade hon medan den första kängan gled av henne.

"Inte farligt" svarade han och log. Nog förstod hon väl att så var fallet. Hon hade med stor sannolikhet saknat honom med - i alla fall sexet.

"Jag tror dig inte" log hon då foten gled ur den andra kängan. Hon ställde dem vid skostället och räckte honom den platspåse hon haft med sig. "Lite vin?"

"Du känner mig så väl."

Klädd i svarta jeans och ett rosa tajt linne gick hon in till vardagsrummet medan han noga följde henne med blicken. En underbar kropp trots det faktum att hon fött två barn.

"Vad skriver du på?" frågade hon då han kom in i vardagsrummet med två vinglas och vinflaskan.

Han slog sig ner bredvid henne i soffan, ställde glasen och flaskan på bordet. "Tanken är att jag ska skriva om morden i den där Småländska småstaden men -" Han avbröt medan han med möda drog korken ur flaskan. "Jag har inte kommit så långt."

"Hemska mord." Hon höll sitt glas under flaskan medan han fyllde upp det. "Men samtidigt lite spännande att följa."

Han instämde genom att nicka medan han fyllde upp sitt eget glas.

"Så vad har du för teori då?"

111

Han funderade. Egentligen hade han ingen teori. Först hade han trott att det handlade om en otrohetsaffär med dödlig utgång - vilket det förstås till stor del också gjort - men att det skulle varit mannens fru som dödat, det hade även han avfärdat som osannolikt sedan länge.

"Jag har ingen teori än så länge." Han ryckte på axlarna och tog en klunk av det blodröda vinet. "Dom där siffrorna verkar inte ha någon form av logisk betydelse."

"Nej." Hon rättade till det rosa linnet och satte sig mer bekvämt med glaset vilande i handen. "Har de bekräftat att även det nya mordet är ett siffermord?"

Han nickade. "Ja. Eller i alla fall enligt media. Offret hade tydligen siffror inristade i armen."

"Men vad hemskt" sa hon och rös. "Vem kan vara så kylig?"

Det undrade Jack också. Men han hade ingen lust att ta reda på det just nu. Han smakade av ännu en klunk av vinet.

I bakgrunden spelades en Spotify-lista på dämpad volym. Utanför sken månen över den snötäckta marken. Lisa såg väldigt vacker ut i skenet. Ändå var Jacks tankar hos den ännu vackrare Kommissarien. Jenny Valentin hade fortfarande inte uttalat sig om det nya mordet. Ingen presskonferens hade hållits under dagen - inga direkta uppgifter hade läckt ut från Stationen i Växjö. Dock var det bekräftat att även detta offer fått ett budskap i form av siffror.

De fortsatte att prata vidare medan glas efter glas tömdes, flaska efter flaska öppnades tills dess att Jack inte kunde hålla sig längre.

Hon höjde armarna mot taket medan han sakta drog av henne linnet, smekte hennes rygg och gav henne en lustfylld kyss med sammanslingrade tungor. Han lade handen på hennes bröst, kramade hårt åt det ena medan han kände hennes hjärtslag öka i takt med att kyssen blev än mer intensiv.

Hon ville ha honom. Hon ville ha honom nu.

Hon lät handen glida över hans lår, placerade den ovanpå hans penis - kände den pulsera under de trånga jeansen. Det var uppenbart att han ville ha henne med - uppenbart att hon var efterlängtad.

Han lät henne klä av honom t-shirten. Slöt sina ögon och lutade sig tillbaka medan hon knäppte upp hans jeans för att lättsamt gnida sin hand över hans boxershorts.

Hon fick av sig sina jeans, knäppte av sig BHn och svepte det sista i glaset innan hon lade sig tillrätta i soffan. Han beundrade hennes kropp, smekte sakta handen över hennes mage och vidare uppför de nakna brösten.

"Så" sa hon. "Redo att erkänna att du saknat mig?"

Han skakade på huvudet och log medan han lekte med fingret runt hennes vårtgård.

Hon log och stönade lätt då han kysste hennes bröst. En lång halskedja vilade runt hennes hals. Han höll den i sin hand - ett silverhalsband med ett kors.

"Är du troende?" frågade han innan han retfullt kysste hennes hals.

"Nej" skrockade hon. "Inte det minsta - men jag tycker att det är en vacker symbol."

Det kunde han hålla med om. Ett kors kunde säkerligen betyda så mycket mer än att bara vara en symbol för religion och trotillhörighet.

"Men just nu hänger det i vägen för de godsaker jag vill leka med" skrattade han, knäppte försiktigt av halskedjan och lade det på bordet. "Du har rätt - jag har saknat dig."

KOMMISSARIE JENNY Valentin vaknade återigen upp från en mardröm. Gestalten var tillbaka - den mörka vålnaden i sin vita skrud. Rösten ekade i hennes inre medan hon tände den lilla sänglampan.

På nattduksbordet vibrerade mobiltelefonen. Snälla, tänkte hon. Inte igen?

"Hallå?"

I andra änden hördes Polisintendent Ragnar Janssons stämma. Han ringde henne för att berätta om en brinnande villa i Åseda.

"Brinnande?"

Jenny svamlade nyvaket medan Ragnar berättade vidare om den övertända villan. Enligt räddningstjänst och patrull på plats så har husets dörrar och fönster bommats igen utifrån.

"Mordbrand?"

Det var inte möjligt, tänkte hon. Då var det inte Erik Karlsson som var mördaren. Hon blev alldeles kall då Ragnar berättade att det även denna natt lämnats ett budskap.

Fyra nya siffror.

~ FEMTON ~

JACK MOLIN hällde upp det sista ur vinflaskan i sitt glas. Han satt åter i soffan efter en timmes sex-marathon. Lisa susade så gott inne i sovrummet - men Jack kunde inte somna. Kanske var han fortfarande uppspelt över sexet? Inte för att det var något nytt med det - snarare en ren rutin - och bara något som de båda ville få överstökat när de väl kommit igång.

Jack hade dock fantiserat om den vackre Kommissarien Jenny Valentin under akten. Inte för att han hade någon direkt målande bild av henne men det hade gjort det hela mer spännande. Varför hade han fått henne på hjärnan? Varför kunde han inte sluta tänka på henne?

Han tog en klunk av vinet och sträckte sig efter sin dator. Var han ändå vaken kunde han lika gärna försöka sig på att arbeta lite. Han behövde en krönika. Han behövde skriva någonting i alla fall - om så än något helt meningslöst - om han skulle få in några pengar denna månad. Att återigen leva på sin far var inget alternativ. Hans nu sjuke far.

Det hade han nästan glömt. Han hade inte ens nämnt det för Lisa. Han hade inte ägnat det någon större tanke sedan han kommit hem från besöket i Stockholm. För en stund kände han en våg av skam skölja över honom. Det var trots allt hans far - oavsett hur besvärande och ansträngd deras relation var.

Han klickade sin in på Aftonbladets hemsida och såg till sin förtjusning - om än skräckblandad - att det återigen hänt någonting i Småland. Samma stad, tänkte han. Misstänkt mordbrand. Han skakade på huvudet. Vad är det som händer? Och varför?

Kunde det vara ännu ett 'Siffermord'? Han läste igenom direktrapporteringen - antecknade små notiser på ett block han hade bredvid datorn.

De första morden var det älskande paret som sköts till döds i en lägenhet under en sexakt. Det andra mordet en knivskuren kvinna i en park inte långt ifrån den bostad där paret mördats. Och nu - en brand i en villa där någon eller några ska ha bommat igen utvägarna.

Ännu fanns inga tecken på att något budskap skulle ha lämnats på platsen men han kände ändå att det hängde ihop med de övriga händelserna. Att det var mord rådde ingen tvekan om.

22014? 2203? Vad betydde siffrorna? Vad stod de för?

Han lutade sig tillbaka i soffan, förde glaset till munnen och tog en klunk medan han funderade på de kryptiska budskapen. Det fanns ingen logik i det. Och varför var det första på fem siffror och det andra på fyra? Hade mördaren blivit avbruten? Det tar ju trots allt en stund att rista in siffror i någons arm med en kniv.

Han suckade, ställde ner glaset på bordet och fick syn på halskedjan på bordet. Lisas halskedja - silverhalsbandet med det lilla korset. Han tog upp det, lät det snurra framför ögonen medan en tanke slog honom.

Nej? Kunde det verkligen vara så?

Han skakade på huvudet. Det var ju helt befängt.

KOMMISSARIE JENNY Valentin var irriterad då hon återigen anlände till det lilla Småländska samhället. Ett samhälle numera känt som ett mordiskt sådant - på gränsen till att ha spårat ur fullständigt. Ett tillsynes laglöst samhälle mitt i den Småländska idyllen.

Inspektör Nico Wester var redan på plats och slöt upp vid henne då hon klev ur Volvon.

"Ingen ro och ingen vila" sa han med frustrerad stämma i rösten.

Den irriterade Kommissarien suckade instämmande.

"En villa tillhörande ett äldre par - Barbro och Hans Hammar." Han pausade, lade handen för munnen för att dölja en gäspning. "Ursäkta. Villan antändes någon gång vid tjugotretiden."

"Vem larmade?"

"Parets granne. Familjen ska ha vaknat av ljusskenet från lågorna. Fadern ska ha försökt att närma sig den brinnande villan men då ska den redan ha varit övertänd."

"Och villan var igenbommad?"

Nico nickade. "Ja - med brädor från utsidan. Parets sovrum ska ha varit på övervåningen. Enligt grannarna så ska de ha hört skrik inifrån villan så det är oklart om paret sov eller inte."

"Hur går det för teknikerna?"

"Räddningstjänsten har ännu inte kunnat lämna över villan till oss utan håller fortsatt på med eftersläckningsarbetet."

"Så vi vet ännu inte hur många potentiella offer som finns där inne? Eller om någon ens befinner sig där?"

"Nej" svarade Nico. "Det vi har att gå på i nuläget är det faktum att parets bil står på uppfarten och vittnesmålet från grannarna om att de hört skrik inifrån villan."

Jenny stod tyst. Trött och huttrande medan den kyliga vinden drog med sig aska från den sargade villan. Konstaplarna hade fått upp en avspärrning runt platsen och återigen stod där några nyfikna - säkerligen några journalister med.

Hon såg sig frustrerat omkring.

"Mår du bra?"

Hon nickade. "Visst - jag är bara lite trött och sliten."

Det kunde Nico förstå. Han kände likadant själv.

"Vem för befälet hos Räddningstjänsten?"

"Carl" sa Nico och pekade bort mot en av brandmännen. "Han står där borta."

Jenny styrde stegen mot brandmannen. Hon kände sig pressad och behövde få sina tekniker på plats. Hon behövde få svar - behövde hitta någonting så de kunde komma vidare. De var nu tillbaka på ruta ett. Erik Karlsson - den potentielle mördaren som bevisning hittills pekat mot - satt inlåst nere på Stationen. Det var inte han som anlagt denna brand. Om de inte var flera som samarbetade? Hemsk tanke, tänkte hon.

"Hej - Kommissarie Valentin."

Brandmannen tog hennes hand i sin.

"När tror du att teknikerna kan få tillgång till platsen?"

Carl kliade sig i det yviga håret och skakade på huvudet. "Mycket svårt att säga - det pyr och glöder lite här och var just nu. Vi förstår att mycket av den tekniska bevisningen kan kontamineras av vår närvaro och tror mig - vi försöker förstöra så lite som möjligt men vi behöver få glöden under kontroll."

"Självklart - vi har alla våra arbeten att utföra."

"Jag tror att vi kan vara klara inom någon timme."

Hon tackade Carl för informationen och styrde stegen mot grannvillan. Familjen stod utanför - chockade och insvepta i filtar som brandmännen gett dem.

"Hej" sa hon. "Mitt namn är Kommissarie Valentin."

Hon log mot den lilla dottern som lutade sig mot sin moders famn innan hon vände blicken mot fadern.

"Var det du som larmade?"

"Ja." Han tog hennes hand i sin. "Niklas."

"Kan du redogöra för vad som hände?"

"Vi hade sovit någon timme när vi vaknade av skenet" inledde han. "Hela sovrummet sken upp och vi förstod inte riktigt vad det var. När jag kom fram till fönstret så såg jag att det brann hos Hans och Barbro."

"Ni har sovrummet mot deras villa?"

Han nickade.

"Vad var klockan?"

Han sänkte blicken och funderade. "Jag vet inte så noga? Den var kanske..?"

"Tjugo över elva" sa hans fru. "Jag minns för jag kollade på väckarklockan."

"Tack" sa Jenny och log. "Vad gjorde ni sen?"

119

"Jag bad Linnéa larma - Linnéa är min fru" sa han och pekade mot kvinnan bredvid. "Sedan sprang jag ut för att se om jag kunde göra något men det var redan så övertänt och framdörren var igenbommad med brädor och..." Han drog ett djupt andetag och skakade på huvudet. "Det fanns inget jag kunde göra."

"Det är det ingen som begär heller" tröstade Jenny. "Hörde ni något annat - hammarslag eller annat misstänksamt under kvällen?"

De båda nickade.

"Vi hörde hammarslag" sa Linnéa. "Men det är inget ovanligt - Hans renoverade och höll på ibland till sent på kvällarna. Vi trodde att han var igång igen."

"Det var över ganska fort efter att det väl börjat" tillade Niklas. "Det var inte störande på något sett och vi kunde lägga Tyra utan problem."

Jenny såg på den lilla flickan och nickade.

"Inget annat? Inget som stack ut från den normala?"

"Nej - inte vad jag kan komma på" svarade Niklas.

"Vet ni om Hans och Barbro var hemma?"

Det var de båda säkra på och nickade instämmande.

"Jag hörde ett skrik inifrån - ett mycket dämpat skrik men nog fanns de inne i villan allt" fortsatte Niklas.

"Urs det är så hemskt" sa Linnéa och Jenny kunde se hur tårar föll för hennes kind.

Jenny kunde inte annat än hålla med. Hon vände sig mot den sargade villan och såg med trött blick på brandmännen som vandrade runt i den gråfärgade snön.

Det är det sannerligen.

~ SEXTON ~

JACK MOLIN googlade febrilt på datorn, letade igenom sökresultaten - sida efter sida i sin jakt på den nya teorin. Kunde det verkligen stämma? I sådana fall var han något av ett geni - eller i alla fall en bättre detektiv än Kommissarie Jenny Valentin. Men vad hette den där gubben nu då? Var det Moses? Han skakade på huvudet och skrev in ett nytt ord i sökmotorn.

De tio budorden.

Han klickade sig in på en av de sidor som Google föreslagit och bläddrade sig ner. Där var det - där var det han sökte efter.

Budorden var mycket riktig belägna i en av Moseböckerna. Den andra Moseboken för att vara specifik. Nu var han något på spåren - eller var han det? Vad var det han letade efter?

Han lutade sig tillbaka i soffan, stirrade på skärmen innan han tog sitt anteckningsblock och studerade budskapen från 'Siffermorden'.

22014 - Den första tvåan skulle kunna antyda på den andra Moseboken. Han funderade. Tjugo? Tjugonde kapitlet - tjugonde kapitlet, fjortonde versen?

Du skall icke begå äktenskapsbrott.

Kunde det vara möjligt? Visst begick väl den man som mördats i lördags ett äktenskapsbrott? Han var en gift man som mördats tillsammans med sin älskarinna. Det var i alla fall vad han kunnat läsa om i media - även om det inte var bekräftat av rättsväsendet. Men det skulle innebära att hans teori möjligen stämde.

Han såg ner i blocket - 2203 - sedan tillbaka på skärmen.

Du skall inga andra gudar hava vid sidan av mig.

Han såg ner på blocket och så upp på skärmen igen. Andra Moseboken - tjugonde kapitlet, tredje versen. Jo, det stämde - det var det budordet.

Men vad skulle det ha med det andra mordet att göra? Visst kunde hans teori visa sig stämma - det var han säker på med tanke på att siffrorna kunde hänvisas till verserna i Bibeln. Men vad hade kvinnan i parken med det budordet och göra?

Han var osäker. Kanske kunde nyhetsrapporteringen ge svar? *Inga andra gudar hava*, tänkte han medan han bläddrade bland artiklarna i nyhetsrapporteringen.

Michaela Lund - 'Siffermördarens' tredje offer. Men vad hade hon med ett budord och göra? I en av artiklarna han ögnade igenom uttalade Michaelas pojkvän sin sorg.

Yamal el-Shejk?

Namnet var inte Sveriges vanligaste, tänkte han, lutade sig tillbaka och svepte det sista ur glaset. el-Shejk? Kunde det vara en muslim? Kunde det vara sambandet? Var det rasistiska motiv bakom morden? Nej - nu svävade han i väg. Ingen av de andra offren hade något samröre med Islam.

Men om Michaela funderade på - eller redan hade konverterat till Islam så skulle det kunnat ha retat någon?

Han skakade på huvudet. Detta var långsökt, det visste han. Men just nu verkade det ändå logiskt. Och det var det bästa han hade att gå på just nu. Men hur skulle han gå vidare? Om han skrev en krönika om det så skulle han med största sannolikhet vara först med nyheten - om inte den enda. Men vore det rätt?

Efter en lång stunds betänketid så bestämda han sig för att ändå skriva en utsaga till en krönika. Om han hade rätt så ville han vara först - detta kunde vara krönikan som han kunde sälja för dyra summor.

En timme senare var krönikan färdig - åtminstone för stunden. Han drog ett djupt andetag och slog sedan det telefonnumret han googlat fram.

Han reste sig ur soffan, tassade försiktigt över golvet och fram till sovrumsdörren. Lisa sov fortfarande djupt där inne. Han log och sköt tyst igen dörren.

"Mitt namn är Jack Molin" sa han och såg ut på den fallande snön utanför fönstret. "Jag söker en Jenny Valentin."

Receptionisten frågade vad han hade för ärende och han svarade att han satt på värdefull information i ett av hennes fall. Receptionisten bad honom lämna

123

informationen på någon av de tipskanaler som Polisen besatt.

"Nej - Jag vill endast delge detta direkt till Kommissarien."

Det krävdes någon minuts övertalan innan receptionisten till sist gav med sig och kopplade honom till Kommissarie Jenny Valentin.

En vacker röst hördes i den andra änden. Vacker - om än med en något stressad och irriterad ton. Var det så hon lät? tänkte han. Hon presenterade sig i alla fall som Valentin.

"Mitt namn är Jack Molin - krönikör..."

Längre än så hann Jack inte förrän Jenny avbröt honom och förklarade att journalister hänvisades till Polisens presstalesperson.

"Nej, nej - ni förstår inte. Jag heter Jack Molin och jag har information om..."

Den stressade Kommissarien avbröt honom återigen, upprepade sig angående sin hänvisning och avslutade samtalet innan Jack hann säga fortsättningen på sitt ärende.

Fan, tänkte han. Vad gör jag nu då?

"JÄVLA JOURNALISTER" svor Kommissarie Jenny Valentin och stoppade ner mobiltelefonen i fickan på den röda rocken.

Inspektör Nico Wester log mot henne. Ingen inom Polisverksamheten var någon större fanatiker av media men Jenny bar verkligen på ett påtagligt förakt. Men han förstod henne - de kunde verkligen vara besvärliga.

Särskilt när de inte hade några konkreta svar på deras många frågor.

"Någon dum krönikör som tror han kan kontakta mig på mitt privata nummer" muttrade hon vidare medan de stirrade på de fyra siffrorna som var målade på paret Hammars blå Honda. "Så - nya siffror."

Nico beskådade de slarvigt skriva siffrorna på fordonets vänstra bak- och framdörrar. Troligen utfört med en sprayburk - inget direkt konstverk men ändå väl synligt.

2208.

"Jag drar slutsatsen att mördaren inte missade en siffra vid det tidigare mordet" sa han. "Jag förstår inte vad det är vi missar."

Jenny skakade frustrerat på huvudet. Det hade börjat ljusna och teknikerna hade sedan några timmar fått tillgång till villan.

De hade funnit paret Hammar inne i huset - Hans hade brännskador, men dödsorsaken för de båda offren var troligen att de andats in den giftiga röken. Elden hade aldrig hunnit sprida sig till sovrummet. Hans hittades visserligen i hallen, nedanför trappen vilket tydde på att han försökt att hitta en väg ut.

"Fem offer på fem dygn."

Han nickade. "Jag antar att vi kan släppa Erik Karlsson nu."

"Dessvärre" Hon suckade och rättade till mössan. "Vi har med en seriemördare och göra - det kan vi inte utesluta nu."

Men det var inte Erik Karlsson. Det var Jenny övertygad om även om han haft oturen att befinna sig i närheten vid två av mordtillfällena.

Ett vittne hade klivit fram under gårdagskvällen och berättat om hur de sett någon kasta ett föremål mot den bostad där Erik bodde. Med stor sannolikhet var det just mordvapnet - kniven - som kastats. Vid den tidpunkten var Erik redan omhändertagen. Antagligen visste mördaren om detta och försökte plantera bevis mot Erik. Men vittnet hade inget direkt signalement på personen som kastat kniven - det enda som varit givande var när de fick kännedom om att samma skoavtryck som fanns i snön runt Michaela Lund också fanns utanför Eriks bostad.

"Vi bör ändå jämföra Erik Karlssons skor med de avtryck vi har" sa Nico. "Se om de innehar samma storlek och mönster."

"Ja. Jag ber Jan kontrollera det."

Om nu inte Erik hunnit byta kängor efter att han larmat och innan det att patrullen kom till platsen? Nej, tänkte hon. Erik kändes inte så smart - och inte heller påminde han henne om en typisk mördare.

"Det känns som att mördaren bevakar oss" sa hon. "Jag menar - om personen nu planterade bevis utanför Eriks lägenhet. Personen måste ha vetat om att vi tog med honom igår på morgonen."

"Jag vet varken in eller ut längre" svarade Nico. "Och dessutom är jag hungrig."

Hon såg på honom. Ja, den stora kroppshyddan måste kräva en del krubb, tänkte hon. Nico var minst två huvuden högre än henne - och då var hon ändå en och sjuttiofem. Det var som om hon ständigt vandrade runt

126

med en stor björn - hans armar var bredare än hennes lår.

Tur att han är snäll, tänkte hon. Så länge ingen retar upp honom - det hade hon varit med om och det kunde bli ganska olustigt när det väl hände.

"Har något öppnat?"

Han såg oförstående på henne.

"Ja - mat?"

"Jaha. Det vet jag inte - kanske Bistro?"

De bestämde sig för att undersöka saken. De behövde en liten paus för att tänka klart. Och när hon kände efter så stod det klart att även hon behövde få i sig någon form av föda. När de ätit skulle kanske Jan Evert och teknikerna ha någonting nytt som de kunde arbeta vidare på.

~ SJUTTON ~

JACK MOLIN kramade om Lisa, log och tackade för natten innan hon skyndade i väg till sitt arbete. Han hade lyckats somna till slut - hade sovit i några timmar innan Lisas alarm hade väckt dem båda. Klockan var redan tio på förmiddagen. En gråmulen torsdag.

Han såg ut genom fönstret medan han väntade på kaffet att rinna till i bryggaren. Stora vallar av snö hade plogats upp längst gatan. Det måste ha fallit några centimeter under natten, tänkte han. Men vackert var det med snön som hängde på trädgrenarna och från hustaken. Om några dagar inföll andra advent.

Herregud, det är bara två veckor till jul.

Med en kopp rykande kaffe i handen och en inbjudande skinksmörgås på ett fat på bordet ringde han det direktnummer han fått till avdelningen på Karolinska Universitetssjukhuset. Han ville ha koll på läget - ville veta hur det stod till med den gamle farsgubben men ville samtidigt inte köra de tio milen för att besöka honom var och varannan dag.

Sjuksköterskan var mycket vänlig och berättade detaljerat för hur hans fars läkeprocess framskred. Det hade inte hunnit bli någon markant förbättring under dygnet men inte heller någon försämring. Läget var likt tidigare - stabilt men fortsatt livshotande. Det lugnade honom till viss del. Då skulle han inte behöva besöka sin far de närmaste dagarna utan kunde istället fokusera på att få tag i Kommissarie Jenny Valentin.

Han tackade sjuksköterskan för informationen och bad henne att hälsa till Torben innan samtalet avslutades.

Skinksmörgåsen svalde han ner tillsammans med kaffet, gick sedan ut i köket för en påtår. Han skulle sätta sig i bilen och köra de trettiotre milen ner till den lilla Småländska staden Åseda. Om Kommissarie Valentin inte ville komma till informationen så fick informationen istället komma till henne.

KOMMISSARIE JENNY Valentin valde en lättare Ceasarsallad. Inspektör Nico Wester smaskade i sig en hundrafemtio grams hamburgare med pommes frites.

Tysta satt de på samhällets lilla italienska restaurang då Bistro under morgonen höll stängt - "med anledning av nattens händelser" enligt den skylt som hängt på entrédörren.

Nico svalde ner den sista biten av hamburgaren med ett glas bubblande Coca Cola. Jenny petade med gaffeln bland de sista salladsbladen. Hon var inte så hungrig som hon först trott - tur var att hon inte valt hamburgaren som hon först tänkt sig.

"Vad ska vi göra Nico?"

Han såg tomt på henne då han förstod vad hon menade.

"Vi har inget att gå på" sa hon, släppte gaffeln och lutade sig tillbaka på den obekväma trästolen. "Absolut inget konkret."

"Nej - särskilt inte då vår främste misstänkte sitter i häktet samtidigt som ett nytt dubbelmord begås." Han skakade på huvudet. "I en miljonstad som New York - London - Stockholm - där förstår jag att en mördare kan undkomma polisen under en tid men detta är en stad med sextusen invånare. Vi kommer att finna personen."

"Okej - så ska vi analysera detaljerna?"

"Visst" svarade han och rätade på sig på den hårda stolen.

"Första morden skedde natten mellan lördag och söndag - en gift man och dennes älskarinna." Hon harklade sig. "Vi får anta att de var älskare med tanke på att inget tyder på att de enbart träffats för kvällen."

"Precis" instämde Nico. "Mördaren väntar med största sannolikhet i älskarinnans lägenhet där denne låter paret påbörja sin kärleksakt innan man väljer att skjuta dem med varsitt dödande skott."

Jenny såg fundersamt framför sig. "Där lämnar sedan mördaren ett budskap och försvinner sedan med stor sannolikhet ut genom ett fönster - troligen samma fönster som användes för att ta sig in."

"22014" fortsätter Nico. "Det är budskapet som mördaren efterlämnar. Vad det betyder vet nog bara denne person i nuläget."

"Mord nummer tre - äger rum tre dygn senare. En ensam kvinna mördas genom att få halsen avskuren i parken utanför Restaurang Bistro."

"Mördaren lämnar även vid detta tillfälle ett buskap - siffrorna 1403 - vilket är en siffra färre än vid tidigare tillfälle."

De avbryter då servitören kommer fram till bordet, plockar upp deras tallrikar och frågor om kaffe är av intresse. De båda ler och säger sig tacksamt motta erbjudandet.

"Så vart var vi?" frågar Nico.

"1403 - Michaela med uppskuren hals."

"Just" fortsätter Nico. "Även vid detta tillfälle ger mördaren sig själv generöst med tid för att verkligen förmedla budskapet - även om man kan ha missat en siffra vilket inte känns så troligt."

Nej, tänkte Jenny. Det känns inte så troligt att mördaren ska ha missat att förmedla sitt budskap då denne hitintills verkat väldigt angelägen om att få ut det.

"Mord nummer fyra och fem" fortsatte Nico. "Dubbelmord bara ett dygn efter mordet i parken. En anlagd villabrand där två äldre dör."

"Utanför har mördaren spraymålat ett budskap om fyra siffror på parets bil."

"2208."

Jenny nickade. Sedan satt de båda tysta någon minut medan servitören serverade dem varsin rykande kopp kaffe. Jenny skakade på huvudet då denne frågade om hon ville ha mjölk eller socker och såg sedan ut genom fönstret på den kristallglittrande snön.

"En kniv kastas vid Erik Karlssons lägenhet - kanske för att missleda oss? - och fotavtryck dokumenteras runt kvinnan i parken. Viss förhoppning finns att man ska kunna jämföra spåren i parken med spår runt Eriks lägenhet." säger Nico.

"Och det är där vi i nuläget befinner oss" suckade Jenny och såg åter på Nico.

"Vad har dessa tre tillfällen - och fem mord - gemensamt?" undrade Nico. "Jag menar förutom budskapen? Vilka är motiven? Varför just dessa offer?"

"Inte Erik Karlsson i alla fall." svarade hon och drack en klunk ur kaffet. "Som vi hade våra förhoppningar på tidigare."

"De är inte i samma ålder - har inget samröre med varandra. Ingen gemensam nämnare - i alla fall inte vad vi lyckats finna hittills."

Jenny suckade på nytt. "Nej, men denna seriemördare måste ha någon form av motiv till varför han väljer just dessa offer. Detta är inget vanligt pojkstråk där de väljs ut på måfå." Hon skakade på huvudet. "Detta är någonting mycket större än så."

JACK MOLIN passerade Östergötland längst E4an och vidare in i Kalmar län via Vimmerby. Efter två och en halv timmes körning längst den snöbetäckta vägen stannade han till i den lilla staden Målilla.

En varm uppfriskande kaffe och en korv med bröd skulle sitta fint nu, tänkte han medan han huttrande fyllde tanken med diesel på en närliggande bensinstation.

"Vilken dressing vill du ha i brödet?" frågade kassörskan och log medan hon höll upp den franska baguetten.

"Vitlök, senap och ketchup" svarade han och gav henne ett leende tillbaka innan han värmde sig med en klunk ur kaffekoppen.

"Samma i båda?"

Han nickade till svar.

Klockan närmade sig två men det hade redan börjat skymma. Han insåg att han hade åtminstone fyrtio minuters körning kvar till Åseda. Det skulle ha hunnit mörkna när han väl anlände till det lilla samhället.

"Tack" sa han och tog emot de båda korvarna i baguette.

Med en rykande kopp snabbkaffe och två dressingfyllda baguetter med korv i satte han sig åter i bilen, ställde kaffet i kopphållaren, snörade på sig bältet och svängde ut från stationen.

Ur högtalarna dånade musiken av den gamla rockgruppen Creedence Clearwater Revival med den gälla rösten från frontmannen John Fogerty.

Han trummade takten på ratten med den ena handen och pressade ner det sista av baguetten med den andra innan han sträckte sig efter kaffet.

Om tjugo minuter skulle han vara framme. Om tjugo minuter skulle han vara mitt i staden där morden den senaste tiden haglat värre än det allt mer intensiva snöfall som nu föll över bilens vindruta.

Hotell St. Olof.

Han hade haft tur, det visste han. När han ringt dem under morgonen och fått veta att de endast hade ett dubbelrum kvar - visserligen dyrare än ett enkelrum - förstod han hur många journalister som egentligen befann sig i staden. Att St. Olof - ett hotell med femton rum - skulle vara fullbokat mindre än två veckor innan jul på grund av turister var föga troligt.

Nej - han förstod att varenda tidning och tv-kanal hade en reporter på plats i väntan på nästa mord.

~ ARTON ~

KOMMISARIE JENNY Valentin pulsade genom snön
då trottoarerna ännu inte fått sig den omsorg de så väl
behövde av stadens snöröjare.

Inspektör Nico Wester hade efter deras middag valt att
bege sig till Stationen i Växjö för att verifiera viss
information som Kriminaltekniker Jan Evert bifogat.

Halsduken fladdrade som alltid i vinden medan hon
justerade kragen på den röda vinterrocken innan hon
passerade Klockarevägen, vidare till Björkåkravägen
och ut på Västra Kyrkogatan. Förbi motellet Lugna
Rum och just där uppenbarade sig den igen - med det
fallande mörkret reste den sig allt högre och mer
skräckinjagande än tidigare.

Den ståtliga borgen. Det höga tornet. Den svarta
porten. Klockan och den lilla utkiksposten kröntes med
det gyllene korset.

Hon ryggade bakåt. Höll för en stund andan och slöt
sina ögon medan den mörka känslan omfamnade henne.
För sitt inre hörde hon rösten viska. Hon hörde hur en
annan röst - en snällare röst ropade efter hennes hjälp.

Hon öppnade sina ögon och såg sig omkring. Hon var inte ensam - längst gatan spatserade flertalet människor förbi. Men det var ingen av dem som påkallade hennes hjälp - inte heller hörde de den gälla stämma som gråtandes ropade efter uppmärksam. De verkade inte ens bry sig om henne där hon rörde sig smått svimfärdig med flackande blick och staplande steg.

Nej, Jenny, tänkte hon. Stanna i ljuset.

Han skulle inte få ta henne. Hon var vuxen nu. Hon förstod vad det handlade om och hon kunde försvara sig - även om hon redan då förstod skillnaden mellan rätt och fel.

Det som utspelade sig framför hennes slutna ögon var fel - det visste till och med en sjuårig flicka i vit nattklänning.

Det är bara i ditt huvud, Jenny, tänkte hon medan hon tog stöd mot trottoarkanten. Det kan inte skada dig längre.

Gud som haver barnen kär, predikade rösten vidare.

VINRÖDA GARDINER.

Vinröda kuddar som prydde sängen tillsammans med ett ljuslila överkast. Vitmålade väggar och ljust parkettgolv. St. Olof Hotell var sannerligen modernt inrett, även om miljön mycket väl påminde om just ett hotell.

Utanför hade mörkret lagt sig och omfamnade det skräckslagna lilla samhället. Jack Molin hade inte sett en enda människa utomhus medan han kört igenom centrum. Om man räknade bort den extra förstärkning av poliskonstaplar som patrullerade gatorna - men för övrigt, inga civila personer.

Han förstod att mord hade den effekten. Människor blev med all rätt rädda och försiktiga. För att inte tala om skräcken som infaller då fem mord begås under en och samma vecka. I en stad med sextusen invånare hade man sannolikt träffat mördaren. Kanske var det någon man kände? Kanske till och med någon man umgicks med?

Han slängde väskan på sängen, tog av sig jackan och satte sig i den grå fåtöljen. Nu var han där - mitt i Åseda. Mitt i seriemördarnas Mecka. Tillsammans med den hungrande, omättliga journalistkåren vägg i vägg. Själv hade han ännu inte skrivit en rad om morden. Men till skillnad från de övriga gamarna hade han en teori - en ledtråd som med stor sannolikhet kunde vara högst trolig.

Han öppnade det lilla kylskåpet - den så kallade minibaren - och studerade dess utbud. Två trettiotre centiliters ölburkar av märket Falcon, två mindre flaskor med varsitt rött och vitt vin samt två mindre flaskor med Absolut Vodka och Jägermeister. Det skulle inte räcka för att få honom onykter men nog kunde han unna sig en stänkare efter den långa resan.

Han bestämde sig för öl, tog en av burkarna och slog sig åter ner i fåtöljen medan han öppnade burken. Den kalla och ljuvliga smaken av öl rann nerför hans strupe. Rummet var något lyhört och han hörde rösterna i rummet bredvid men kunde inte urskilja vad som sades. Han studerade rummet medan ölen tömdes.

Så vad gjorde man i Åseda en torsdagskväll? tänkte han medan han öppnade öl nummer två. Han hade läst att den lokala kvällspuben Bistro 4 skulle ha någon form av barkväll med lokala trubadurer. Kanske kunde det vara ett sätt att fördriva tiden?

Han drack ur ölen, reste sig ur fåtöljen och öppnade resväskan. Han skulle minsann trotsa Polisens uppmaningar om att stanna inne efter mörkrets inbrott - och han hoppades att lokalbefolkningen skulle göra detsamma och faktiskt vallfärda till den lokala puben. Han behövde prata med folk, få en inblick i det lilla samhället och bilda sig en uppfattning om hur folk såg på det som hänt. Kanske hade lokalbefolkningen sina egna teorier?

Och dessutom skulle väl varenda journalist befinna sig där under kvällen i jakt på information och löprubriker.

Det varma vattnet från duschen ångade i badrummet och fick spegeln att imma igen. Gång på gång drog han handen över spegelglaset medan han studerade sitt ansikte. Skägget fortsatte att växa vildvuxet och han bestämde sig för att trimma ner det en aning. Han sträckte sig efter rakapparaten i necessären och påbörjade förvandlingen. Han inspekterade sedan den återstående stubben innan han rensade handfatet från den överblivna samlingen hårstrån.

Kanske var det för att han eventuellt skulle möta Kommissarie Jenny Valentin som han valde att raka sig? Hon kanske inte skulle ta en skäggig slusk på allvar? Han lade tillbaka rakapparaten i necessären, drog av sig handduken och klev in under det värmande vattnet.

Troligen skulle inte den vackra Kommissarien befinna sig där i kväll. Varför skulle hon? Nej, han bestämde sig för att stanna på hotellrummet. Han behövde verkligen

138

börja skriva om han skulle få i väg några krönikor denna månad. Under morgondagen skulle han se sig omkring - utforska samhället. Och med lite tur skulle han få berätta sin teori för Kommissarie Valentin.

INSPEKTÖR NICO Wester var på hemgång då Kommissarie Jenny Valentin anlände till Polisstationen i Växjö. De båda mötes i Stationens korridorer och Nico bad för sitt inre om att inget nytt inträffat. Han ville verkligen komma hem - hem till sin familj, hem i tid för att få äta ett kvällsmål med sina barn innan sängdags.

"Något nytt?" frågade han och såg ner på sitt armbandsur.

"Nej" sa Jenny och skakade på huvudet. "Jag antar att du vill bege dig hemåt?"

"Väldigt gärna."

"Då ses vi i morgon."

Nico började gå nerför korridoren men vände sen. "Jo just - Jan kontaktade mig förut. Storleken på kängorna är trettionio."

"Trettionio?" Jenny såg fundersamt på honom. "Det tyder ju på att en kvinna kan ha utfört detta."

"Ja - och dessutom överrensstämde mönstret på kängornas sula med avtryck som hittades utanför Erik Karlssons lägenhet."

"Personen som vittnet sett kasta mordvapnet?"

"Antagligen." svarade han och såg åter på klockan. "Där har vi kanske något att arbeta vidare med imorgon."

De tog avsked och Nico skyndade till trapphuset medan Jenny vandrade bort till sitt kontor. Hon var i det närmaste ensam på våningen. Hon hängde av sig rocken och slog sig ner i kontorsstolen innan hon drog en djup suck. Vilken lång dag det hade varit.

Hon lutade sig tillbaka och stirrade en stund bara rakt framför sig. Funderandes. Skulle hon komma att lösa detta? Hon ville verkligen det. Och inte enbart för att Åseda skulle få frid - utan också för att ge det till sig själv. Hon ville inte besöka staden mer. Hon hatade det där stället - den där platsen. De hemska minnena och det mörka förflutna.

"Hej Jenny."

Hon ryggade till, höll för någon sekund andan innan hon insåg vem som stod där i dörröppningen.

"Förlåt" sa Polisintendent Ragnar Jansson. "Skrämde jag er?"

Jenny viftade med handen, lutade sig åter framåt och log. "Nej då, jag har bara mycket i huvudet just nu." Hon visade honom mot besökstolen. "Kom in."

"Tack" svarade Ragnar och slog sig ner i den bekväma stolen. "Så, hur går det för oss?"

Hon skakade på huvudet och ryckte på axlarna. Vad skulle hon svara på det?

"Nico menar att det finns bevisning som pekar på att vi möjligen jagar en kvinnlig förövare?"

Jenny nickade. "Jag har inte hunnit sätta mig in i rapporteringen från teknikerna - men ja, storlek trettionio är inte jättevanlig bland män. Om det inte är en tonåring."

"Vi har ögonen på oss, Jenny" sa han och såg med allvarlig blick på henne. "Gamarna är på oss som hökar."

140

"Jag vet - i dag ringde en krönikör till min privata telefon. Hur han fått det numret har jag inte den blekast aning om men." Hon skakad på huvudet. "Vi gör vårat bästa där ute."

"Det vet jag att ni gör" log han och reste sig upp. "Men vi behöver nog ha en presskonferens snart - för att ge oss lite mer tid."

Jenny nickade, trots det faktum att hon avskydde presskonferenser och pressens oprofessionella frågor.

"Åk hem och vila nu, Jenny" fortsatte Jan. "Det ska jag göra och om jag ska vara ärlig - du ser för jävlig ut."

Jenny skrattade kort.

"Inget illa menat förstås."

"Jag vet" log Jenny. Nog förstod hon hur hon såg ut.

~ NITTON ~

REGNET ÖSTE ner över den redan genomvåta vita nattklänningen. De bara fötterna plaskade i pölarna i gräset innan hon steg ut i det hårda gruset. Knivskarpa stenar skar in i hennes trampdynor medan hon sakta trippade över dem och vidare ut på de kalla och halkiga kullerstenarna. Rösten var fortsatt hypnotisk - den fortsatte att dra henne till sig, fortsatte att sätta henne i en form av trans och lura henne in i nyfikenheten. En skräckblandad förtjusning. Hon kände ju igen rösten, var så van vid den att det var både lockande och skrämmande på en och samma gång. Så vänlig ena sekunden för att i nästa bli barsk, beordrande och farlig.

Kommissarie Jenny Valentin reste sig i sängen. Vilandes på armbågarna stirrade hon några sekunder ut i mörkret som omslöt sovrummet. Var det morgon? Var det fortfarande natt? Med vinterns långa mörkertimmar var det omöjligt att avgöra - om det inte varit för den lilla väckarklockans röda sken. Kvart över fem. Kanske var det lika bra att gå upp? Hon skulle med all säkerhet

143

ändå inte kunna somna om efter nattens dramatiska drömmande.

Golvet var svalt då hon satte fötterna mot parketten, drog på sig sin rosa morgonrock och trevade in på toaletten för att uträtta sitt behov.

Kaffet puttrade i bryggaren, äggen kokade i kastrullen och de två ostsmörgåsarna var bredda. Jenny satt på stolen intill köksbordet med armarna vilandes på dess blanka yta. Stirrandes ut genom fönstret. Det var svårt att avgöra vädret - det snöade inte, blåste inte men såg dock kallt och ruggigt ut.

Grannarna runt om hade redan fyllt fönster och balkonger med julbelysningar - stjärnor och färggranna ljussken lade sig harmoniskt och vackert runt området. Men det var ändå några veckor kvar så inte behövde hon få panik över det. Inte för att hon brukade vara så generös med belysningen - en och annan adventsljusstake i fönstren och någon porslinstomte på bordet. Mer än så var det inte.

Hon reste sig, gick fram till spisen och tog av kastrullen. Äggen sköljde hon under det rinnande vattnet innan hon placerade dem i skivaren, delade dem och spred ut skivorna över de två smörgåsarna. Hällde upp kaffe i koppen och återvände till köksbordet. I lugn och ro - för första morgonen på länge - njöt hon av sin frukost medan den lilla bordsradion predikade nyheter, väder och trafikrapporter.

När såväl den sista tuggan svaldes ner med det ljumna kaffet började hennes detektivhjärna arbeta. Vad var motiven bakom morden? Hon suckade och fortsatte stirra ut genom fönstret där mörkret nu börjat skifta. Kunde det verkligen vara en kvinna som utfört dessa mord? Hon fyllde på med mer kaffe, smakade av och rörde sedan ner en halv sockerbit. Varför just dessa offer? Vad hade de gemensamt med varandra? Om de ens hade det?

Hon ville att det skulle vara över. Hon ville inte fortsätta återvända till den där hålan - det där mörka förflutna som nu väcktes till liv under nätterna och återkom till henne i dramatiska drömmar.

JACK MOLIN öppnade sakta ögonen inne på sitt hotellrum. En behaglig natt hade passerat med god sömn. Han var ingen större fanatiker av att sova på hotell - inget är som ens egen säng - men natten hade ändock varit till belåtenhet. Och nu väntade hotellfrukost - det absolut mest positiva med att sova borta.

Mörka jeans, en Bruce Springsteen-t-shirt och bruna vinterkängor. Han gjorde ett tappert försök att pressa ner de svarta lockarna inne badrummet. Skvätte lite kallt vatten i ansiktet och borstade omsorgsfullt tänderna innan han avslutade med en lätt dimma deodorant.

Hotellets matsal vimlade av - vad han gissade var - journalister och reportrar. Vid varje bord mumlades det ohörbara konversationer medan gafflar och skedar skrapades mot porslinstallrikarna. Han ställde sig i den lilla kön vid serveringsbordet och tog en tallrik.

Prinskorv, bönor, äggröra - mörkt bröd, ljust bröd, mjukt bröd, hårt bröd - ost, rökt skinka, kokt skinka, kalkon - gurka, röd paprika, gul paprika. Fil, mjölk, yoghurt av alla dess smaker - kokta ägg, hårdkokta ägg. Frukter, bär och müsli av alla sorters skörd.

Det var detta han älskade med att sova på hotell. Frukostutbudet som var som en oas av smakrika läckerheter. Han fyllde tallriken med prinskorv och äggröra och satte sig vid ett ledigt bord nere i ena hörnet. Den lokala morgontidningen låg intill och han valde att skumma igenom den medan han njöt av frukostens sötma.

Han kände sig mätt men kunde inte låta bli - en ny tallrik med skinka på ljust bröd, en bit vattenmelon och några gröna vindruvor. Åter vid bordet svalde han ner det till smaken av tropisk fruktjuice samtidigt som en äldre man med mörk röst frågade om platsen mittemot var ledig.

"För all del" svarade han. "Slå dig ner."

Mannen ställde sitt berg med smörgåsar på bordet och slog sig bekvämt ner i stolen. En gles mustasch prydde det smala ansiktet och hjässans få hårstrån stod yrvaket i alla väderstreck.

"Mats" log han innan han satte bettet i en ostsmörgås.

"Jack."

Mats nickade. "Jag vet." Med hela munnen full av ost och fullkornssmörja. "Du är krönikör."

Jack nickade.

"Jag har läst dina rader." Han tog en ny tugga. "Själv frilansar jag åt SVT."

Jack nickade på nytt och drack ur det sista av juicen.

"Hon är vacker."

"Ursäkta?"

Mats pekade på tidningens mittupplag som låg utslaget mellan dem medan han svalde tuggan. "Kommissarien - hon är vacker."

146

Jack studerade fotografiet på Kommissarie Jenny Valentin. Han kunde inte annat än hålla med Mats."Det är hon verkligen."

"Man kan inte tro att hon är trettiosju år." Mats skakade på huvudet. "Hon är vacker som en artonåring och att redan vara en mordutredande Kommissarie?" Han pausade kort och såg på tidningen. "Snacka om att ha fått det bästa av två världar."

Jack log. Han var uppenbarligen inte den enda som uppfattat Valentins skönhet. Bilden i tidningen var inte den bästa - Valentin satt intill Polisintendenten och Länspolismästaren under en presskonferens. Bordet och det flertalet mikrofoner dolde det mesta av hennes kropp och ansiktet var något vridet från kameran. Ändå anade man hennes skönhet i det sammanbitna ansiktet.

Just som Jack försvann in i dagdrömmarnas land där frågan om hur Valentin möjligen såg ut under den där vita blusen och svarta kavajen avbröt Mats honom på nytt.

"Så jag antar att du är i staden för att skriva om morden?"

Staden? tänkte Jack. Snarare håla. Han ryckte på axlarna. "Någonting måste jag ju skriva om - och detta är väl årets stora händelse."

"Så vad tror du?" Mats log och tog en tugga av den sista smörgåsen från det tidigare matberget. "Du vet - från en lekman till en annan."

Mats fick snoka hur mycket han ville. Jack tänkte ändå behålla sin teori om Bibelns budord för sig själv till dess att han fick förmedla den till Kommissarie Valentin.

"Jag har inte en aning" blev svaret. "Det är därför jag haft skrivkramp om det." Han skakade på huvudet. "Jag har knappt skrivit en rad - det är därför jag bestämde mig för att resa hit."

"Smart. Insupa miljön, se det på nära håll."

Jack log, reste sig, sträckte ut handen och tackade Mats för sällskapet innan han lämnade matsalen och återgick till sitt hotellrum. Han drog undan gardinen och såg på det glesa snöfall som virvlade utanför fönstret.

En promenad skulle göra honom gott. Särskilt som frukosten fått honom proppad med en ansträngd mättnadskänsla. Han plockade ur en tjockare kofta ur resväskan, trädde den över huvudet och sträckte sig efter vinterrocken på väggkroken.

Han tog sin mobiltelefon från laddningen, klev ut genom dörren - försäkrade sig en sista gång om att nyckelkortet låg i jeansens bakficka - och lät sedan dörren slå igen bakom honom. Vidare genom hallen, nerför trappen, förbi receptionen och ut i den kalla fredagsmorgonen.

Medan han passerade gata efter gata i samhällets lilla centrum talade han med en sjuksköterska på Karolinska Universitetssjukhuset. Hans fars tillstånd var oförändrat - stabilt men kritiskt. Han skulle behöva stanna där ett bra tag framöver.

~ TJUGO ~

RESTAURANG BISTRO lockade många tappra vädertrotsare. Snön yrde runt gatan som Jack Molin just korsat och stora flingor följde med honom in genom entrédörren. Det hade visserligen slutat snöa men i takt med dess avtagande hade istället vindstyrkan ökat.

Han borstade bort snöflingorna från rocken och stegade bort till den lilla bardisken. Lokalen var fylld till med helgfirare och två lokala trubadurer satt redo i ett av hörnen där en provisorisk liten scen byggts. En söt bartender mötte honom med ett leende.

"Jack Daniels med Cola, tack" log han mot henne.

Medan hon raskt började fylla upp centilitermåttet med den mörka bourbon såg han sig om i lokalen. Leende ansikten - rödmosiga kinder hos dem som just kommit in i värmen. Skratt utbyttes och skålande glas klingade ut i surret från de säkerligen hundra gästerna.

"Varsågod" log bartendern och mottog hans kreditkort.

Sjuttioåtta kronor? tänkte han när han slog in pinkoden. Det var ju åtminstone tjugo kronor billigare

149

än hemma i Nyköping. Han log och tackade nej till kvittot. Men så var det ju också en liten håla mitt i den Småländska skogen.

Ingen Kommissarie Valentin. Han slog sig ner på en tom stol en bit ifrån scenen. Hennes ansikte skulle han känna igen på sekunden. Efter att ha observerat samtliga i lokalen kunde han konstatera att hon inte befann sig bland dem. Han tog en klunk ur den himmelska blandningen i glaset samtidigt som de två trubadurerna äntrade scenen till pöbelns entusiastiska jubel.

En äldre man och en något yngre. Två mycket skickliga gitarrister om än något sämre sångbegåvningar. Klassiker med Creedence inledde setet. Sedan följde *Whiskey in the jar* just som Jack svalde ner den sista kolsyrebubblande klunken. Han njöt av stämningen. Han tyckte om dessa små klubbar - den liknade hans favorithak hemma i Nyköping. Små - intima - lagom mycket folk. Och så liveunderhållning.

"En till?"

Han såg upp på den söta bartendern som höll upp hans numera tomma glas. Han nickade till svars och log medan hon samlade in fler beställningar från hans bordsgrannar.

Det var underligt - folk festade, drack och skålade till det ylande tvåmannabandets underhållning. Överallt såg han bara leende ansikten, skratt och flinande. Unga blandades med äldre - singlar och par dansade på den lilla ytan framför scenen. Han skakade oförstående på huvudet. Var det så här det gick till? Fem människor mördade på en vecka. I en stad med sextusen invånare. Och inte en enda av de överlevande visade på minsta uns av rädsla. Istället träffades de på den enda lokala baren och festade.

"Varsågod."

Återigen fiskade han upp kreditkortet, räckte över det till bartendern, slog in pinkoden och tackade vänligt nej till kvittot. Groggen var lika god som den första. *Hungry Heart* - Springsteens billboardhit - var nästa dänga att fylla lokalens atmosfär. Till Jacks glädje hade en kvinna bjudits upp på den redan överbefolkade scenen och hennes träffsäkerhet på tonerna var aning bättre än de manligas. Han tog en ny klunk, svepte blicken över rummet och där - där vid entrédörren uppenbarade sig ett känt ansikte.

Nog var det Kommissarie Jenny Valentin alltid - han hade ju sett henne på fotografier i tidningar och presskonferenser på tv. En röd rock höll henne varm från de kalla vindarna och en halsduk vilade runt hennes hals. Det långa blonda håret var utsläppt och hängde ner över hennes axlar. Det ljusa rödmosiga ansiktet lyste vackert i strålkastarljuset från scenen. Det var verkligen hon.

Nu då? tänkte han. Vad skulle han göra nu? Han funderade en stund medan han såg henne knäppa upp den röda rocken och kryssa sig fram till baren. Han såg henne vänligt hälsa på bartendern. Han svepte ner groggen, samlade mod och reste sig.

De blåa ögonen var som blandning av ocean och himmel - så vackra att man både drunknade och svävade. De röda smala läpparna och de rosiga kinderna.

"En till?"

Bartenderns leende avbröt hans stirrande på Valentin. Han nickade. "Jag tar en till."

"Jack Daniels och Cola?"

"Ja - och vad damen här vill ha."

Jenny Valentin svängde på huvudet så att det blonda håret åter föll framför ena halvan av ansiktet. "Tack, men för mig är det bra."

Jack ryckte på axlarna och log. "I så fall - bara en J.D med Cola då."

Jenny vred åter bort ansiktet men sneglade försynt på honom. Han log - hon såg bort. Sekunden senare sneglade hon åter på honom. Han log än bredare.

Hon var till och med vackrare i verkligenheten.

"Sjuttioåtta då" sa bartendern och tog hans kreditkort.

"Så vad gör du på en bar om du inte dricker?"

Han hade bestämt sig för att småprata - eller egentligen flörta - istället för att gå direkt på sak. Teorin kunde vänta. Skulle han berätta vem han var skulle hon troligen avlägsna sig eller avfärda honom som journalist. Skulle hon inte vara intresserad av hans flörtande kunde han alltid ge henne sitt visitkort och säga att han hade information gällande morden. Eller - en teori åtminstone.

"Arbete" svarade hon kort och vred blicken till scenen.

"Barägare?"

Hon såg åter på honom med de fantastiska ögonen, log med mystik och skakade lätt på huvudet.

"Polis."

Han log och nickade imponerat. Det här var roande, tänkte han. Att kunna leka med någon som man visste precis vem personen var - vad hennes ärende var - och som dessutom inte visste det minsta om en själv.

"Har denna polis ett namn?"

Hon drog en suck. "Du är väldigt flörtig du, inte sant?"

Han ryckte på axlarna och drack en klunk. "Du är en väldigt vacker kvinna - så, varför inte ta chansen?"

Hon log igen. Han hade svårt att avgöra om hon log för att det roade henne eller för att det besvärade henne. Hon studerade honom noga genom de underbara ögonen och varje sekund som passerade kändes som en evighet.

"Det finns andra kvinnor i lokalen."

Jack skrattade till medan han hade sugröret i munnen. Han nickade instämmande och såg sig omkring i lokalen. Det hade hon visserligen rätt i - men ingen lika vacker. "Är det så du tar en komplimang?"

Hon log. "Kanske." Hon såg på honom med smala, bedömande ögon. "Men som jag sa så är jag här i tjänst - inte för att ragga eller hitta någon att gå hem med."

"Är det vad du tror att jag gör?" Han log och såg henne rakt in i ögonen. "Att jag försöker få dig att gå hem med mig?"

"Är det inte vad du försöker?"

Han ryckte på axlarna och sög en ny klunk ur sugröret. "Beror på."

"På vad?"

"Skulle du följa med?"

Hon svarade inte utan skrattade och skakade på huvudet.

"I sådana fall är det inte det jag försöker." log han.

Det fanns kemi emellan dem. Det kände han - och nog verkade hon känna av den med. Även om hon visade sig

153

skeptisk inställd och blygsamt försiktig så fortsatte hon trots allt att besvara honom med nyfikenhet i ögonen.

"Så, nu när du vet att jag inte försöker få omkull er - finns där möjligtvis ett namn?"

Hon log igen. "Visst - Jenny."

"Vackert" sa han och sträckte ut handen. "Jack."

Hon tog något motvilligt hans hand, såg honom djupt in i ögonen - fortsatt med ett leende av mystik. "Trevlig, Jack - men nu ska jag dessvärre avlägsna mig."

Nu förstod han att han var tvungen att berätta för henne. Han var tvungen att ge henne teorin - något annat vore att undanhålla viktig information. Eller var det så? Om han väntade med att berätta det så skulle han få träffa henne igen. Men då kanske ännu ett offer skördas - ett offer som hans teori möjligtvis kunnat rädda.

"Hej då, Jack."

Hon reste sig från barstolen, vände om mot entrédörren och började åter kryssa sig fram mellan gästerna. Han studerade henne medan hon försvann vidare ut genom dörren.

Hon kommer tro att jag är helt galen, tänkte han. Teorin var så långsökt att hon säkerligen skulle arrestera honom för att ens ha kommit på tanken. Kanske skulle hon tro att det var han som utfört morden - men visserligen hade han tillräckliga alibin som talade för motsatsen. Han drack den sista klunken, svepte ner den så fort att han för en stund fick kolsyran i fel strupe. Hostande utförde han slalomrörelserna genom folkhavet, öppnade dörren och skyndade ut i kylan.

Han såg den röda rocken vandra bort mot en parkerad Volvo lite längre ner på gatan och han skyndade sig

154

över gräset. Vissa delar av parken var fortsatt avspärrad då den knivskurna kvinnan mördats alldeles intill Restaurang Bistro.

"Jenny" ropade han efter henne.

Hon stannade till, vände sig om och såg mot honom medan han skyndade fram.

"Jag har information till dig..."

Mer hann han inte säga. Längre ner på gatan startade en bil sin motor, rivstartade och rusade fram över det hala underlaget. Strålkastarna träffade deras ansikten medan de båda såg undrande på fartdåren som framförde fordonet i fel fil för färdriktningen. Just som den körde förbi dem kastades något mot dem.

"Pastorns lilla hora."

Rösten var en kvinnas men Jack såg aldrig hennes ansikte. Bilen störtade förbi och vidare nerför gatan innan den svängde av och försvann bakom byggnaderna. Jack vände sig mot Jenny som stod indränkt i den sörja som kastats mot dem.

Han tog ett steg mot henne. Såg skärrat in i hennes chockade ögon.

"Är det..?" sa han och tog i hennes rockärm. "Är det blod?"

DEL 3

Gud som haver barnen kär

~ TJUGOETT ~

JACK MOLIN satt på sängkanten och lyssnade till det skvalande vattnet. Han hade lyckats övertala den chockade Kommissarien Jenny Valentin att följa med honom till hotellet för att duscha bort den äckliga sörjan - låna ett ombyte och lugna nerverna. Han såg på påsen på golvet - som innehöll hennes kläder.

Var det verkligen blod? Vems blod? Och varför? Det var inte så här han hade föreställt sig deras möte. Hon hade visserligen frågat om han var någon som försökte få med henne hem - den delen lyckades han med men anledningen kunde kanske ha varit en annat.

Nu stod hon där inne. Naken medan vattnet sköljde över hennes kropp. Det hade han inte ens kunnat fantisera fram - likväl kunde han inte tänka i sexuella banor. Det hela var så befängt. Han förstod det inte - vad hade just inträffat?

Pastorns lilla hora.

Han skakade på huvudet. Någon måste ha misstagit sig. Tagit Jenny för någon annan - någon hon inte var och sedan utfört ett synnerligen uppseendeväckande och vidrigt påhitt. Var det något som ungdomarna sysslade med? Någon form av mobbning? En hämnd?`

Vattnet slogs av. Han hörde hennes tassande över toalettgolvets kakelplattor. Hur skulle han bete sig när hon kom ut därifrån? Vad skulle han säga? Han kände henne inte - hur skulle han kunna trösta om hon behövde det?

Några minuter senare öppnades dörren. Hon stod där i hans utslitna t-shirt, hans svarta träningsshorts och en handduk virad som en turban över håret - fortsatt lika vacker som tidigare.

Han log försiktigt - såg henne i ögonen. Försökte finna svar på sina frågor om hennes välbefinnande. Hon log tillbaka.

"Tack så jätte mycket - du hade rätt. Det var bättre att duscha här och lugna ner mig innan färden hem."

Han nickade.

Hon stegade genom rummet och slog sig ner i den grå tygfåtöljen. De såg på varandra, satt några sekunder tysta innan hon log.

"Vad handlade det där om?"

Hon skakade på huvudet och såg ner i golvet.

"Kände du den kvinnan? Jag menar - vad är det för dårskap?"

Hon ryckte på axlarna. Hon hade sina misstankar om vad det kunde anspela på - men det var inget hon ville diskutera med en främmande man på dennes hotellrum.

Deras blickar möttes och hon bytte samtalsämne.

"Så Jack - vem är du och vad gör du här?"

Han såg pillemariskt på henne. "Är detta ett förhör?"

"Nej" skrattade hon försynt och snarade upp turbanen. "Låter det som det?"

Han ryckte på axlarna. "Lite kanske." Ett kort skratt. "Jag ska vara ärlig- jag reste hit för att leta upp dig."

"Mig?" Hon avbröt sitt hårtorkade och såg på honom medan det blöta håret lät små droppar sippra ner för kinderna. "Hur vet du vem jag är?"

"Jag heter Jack Molin och jag är krönikör."

Hon såg på honom, än mer skeptisk och han kunde se hur hennes hjärna snurrade på högvarv.

"Jack Molin?"

Han nickade.

"Det var du som ringde mig?"

"Ja - men du ville inte lyssna så därför åkte jag ner hit för att finna dig."

"Så du stalkar mig?" Hon la ifrån sig handduken och korsade armarna över bröstet. "Är du en stalker, Jack?"

"Nej" svarade han och reste sig. "Jag har information om morden och ville dela med mig av den - dock inte till någon annan än dig." Han öppnade den nypåfyllda baren och tog ut en öl. "Vill du ha en?"

Hon satt tyst en stund, fundersamt men tackade till sist ja och fick en kall öl i sin hand.

"Så nej" sa han och satt åter på sängkanten. "Jag är ingen stalker - även om jag tycker du är så vacker att det var värt att resa trettio mil."

Hon öppnade ölburken, lät en klunk rinna nerför strupen medan hon fundersamt studerade mannen framför sig.

"Trettio mil?"

Han nickade. "Japp - hela vägen från Nyköping."

"Så vad är det för information du har?"

Han tog en klunk ur ölen och drog sedan en djup suck. "Det här kommer att låta helt absurt."

161

Hon nickade. "Okej - låt höra."

Han skakade på huvudet, lutade sig åt sidan, drog ut lådan i rummets nattduksbord och plockade upp en - tillsynes oanvänd - bibel. Han höll den framför henne och såg in i hennes vackra ögon. "Jag tror att motiven till morden finns i denna."

"I bibeln?"

"Ja - låt mig förklara." Han tog ännu en klunk och vände sig sedan mot henne - sittandes i yogaställning på sängen. "Det första mordet, det med mannen och älskarinnan hade ett budskap skrivet på väggen, visst?"

Hon nickade.

"22014 - När jag slog upp de tio budorden i bibeln." Han bläddrade fram till det rätta stället i bibeln och räckte den till henne. "Ser du? Andra Moseboken, tjugonde kapitlet, fjortonde versen."

"Du skall icke begå äktenskapsbrott."

"Precis" svarade han och fuktade strupen med den kalla ölen. "Mannen var väl gift?"

Hon såg fundersamt ner i bibeln och nickade.

"Kvinnan i parken - 2203 - Andra Moseboken, tjugonde kapitlet, tredje versen."

"Du skall inga andra Gudar hava vid sidan av mig."

"Jag läste i tidningen om denna kvinnas pojkvän. Namnet fick mig att tänka att han kanske var muslim - det kunde betyda att hon var på väg att konvertera?"

Jenny lyssnade i sin frånvaro. Hon var redan i färd med att läsa budskapet som lämnats på bilen intill det brinnande huset. "Tänk på vilodagen så du helgar den."

"Ursäkta?"

"Det brinnande huset" svarade hon och såg upp på honom. "Tänk på vilodagen."

162

"Finns det något samband där?"

Hon nickade. "Det kan ha - deras granne berättade att de renoverade villan."

Ölen var slut så han reste sig, gick tillbaka till kylen och plockade ut den tredje ölburken. "Kan det vara så att de gjorde detta även under helgerna?"

"Det kan vara ett motiv, absolut." Hon såg beundrat på honom. "Hur kom du underfund med detta?"

Han log medan han öppnade ölen. "Jag har alibi för mordtillfällena." Han skrattade. "Bara så du vet. Men jag kom på det när jag såg ett korsbeprytt halsband."

"Men varför dessa människor? De har inget gemensamt."

Han ryckte på axlarna. "Kanske springer det runt någon galning och utför Guds verk på människor som inte respekterar de Bibliska lagarna?"

Jennys öl var slut.

"Vill du ha något mer? Det finns tyvärr inget mer öl men Vodka, Jäger och vin."

Hon såg fundersamt på honom med allt mer trötta ögon. "Skulle det vara konstigt om jag somnade här?"

"Nej, absolut inte. Du kan ta sängen så sover jag i fåtöljen."

"Jaså?" log hon. "En gentleman alltså?"

"Det kan du ge dig på - ville du ha något?" sa han återigen lutad över det lilla kylskåpet.

"Vin" svarade hon. "Rött."

Han greppade den lilla vinflaskan, tog ett av glasen och fyllde det till bredden innan han räckte över det till sin vackra nattgäst. Så vacker att han nästan inte kunde tro på det. Inget smink, håret fortfarande drypande efter

163

duschen - men ändå så vacker, som om naturlagarna inte hade någon inverkan eller bestämmanderätt hos henne.

"Tack. Och tack för att du låter mig sova här."

Han viftade bort det med en handgest. "Inget att tacka för. Efter vad du råkade ut för ikväll så borde du inte köra hem."

De satt tysta en stund. Smuttande på sina alkoholdrycker.

"Så" sa Jenny och avbröt tystnaden. "Du körde alltså trettio mil för att få träffa mig?"

Han log och såg ner i golvet. "Jag var ju tvungen att dela med mig av min teori."

"Visst - men den kunde du delat med dig av till Tipstelefonen." Hon log och satte vinglaset mot de smala körsbärsröda läpparna. "Jag tror du verkligen ville dela den teorin öga mot öga."

Hon hade till viss del rätt. Han ville verkligen träffa henne. Efter att dag efter dag sett hennes bild i tidningar, hennes konferenser på tv och ständigt matats med hennes skönhet så var han nu glad över att ha henne i sin närhet.

"Tro vad du vill" sa han retsamt.

De log mot varandra medan klockan sakta närmade sig midnatt.

"Kom ihåg att jag är polis" log hon. "Försöker du något i natt så måste jag dessvärre skjuta dig."

"Du har mitt ord" log han tillbaka.

~ TJUGOTVÅ ~

RUMMET VAR kallt och fuktigt. Kommissarie Jenny Valentin sträckte sig efter sin mobiltelefon. Halv tre. Hon låg kurad under täcket i Jack Molins mörka hotellrum. Varför var det så kallt? Var hon kanske i en chock efter den hemska händelsen från tidigare? Hon lyfte huvudet och såg bort mot fåtöljen där Jack snusade. Det kan inte vara bekvämt? tänkte hon. Skulle det vara så farligt? Visst - han var en främmande man men ändå? Han hade varit hur snäll och gullig som helst. Våga ta en chansning, Jenny, beordrade hon sig.

"Jack" viskade hon.

Inget svar.

"Jack." Denna gång aningen högre.

Han mumlade något ohörbart från sitt hörn.

"Jack."

Han satte sig upp, som på beställning såg hon hans gestalt stirra tillbaka på henne. "Vad? Har något hänt?"

"Nej" försäkrade hon honom. "Men det är så satans kallt."

"Fryser du?"

"Ja."

Han hostade och rösten var något mörkare än under kvällen. Nyvaket såg han mot henne. "Vill du ha mitt täcke?"

Hon log där i mörkret. Jack hade ett överkast lindat runt sig medan hon låg där med duntäcket och ändå erbjöd han sig att låta henne få båda. Vilken toffel, tänkte hon.

"Nej - kan du komma hit?"

"Va?"

"Kan du komma till sängen?"

Han harklade sig. "Vill du att jag ska värma dig?"

"Ja" fortsatte hon vädjandes.

Han reste sig ur fåtöljen, tog stegen bort till sängen, lade överkastet över duntäcket och kröp ner intill henne. Hon lade sig på sida, tog hans arm, lade den om sig och kände redan hur temperaturen steg.

"Men inget tafsande."

"Jag lovar" lyckades han få ur sig innan de bägge slöt sina ögon och föll i sömn.

Drömmen om kyrkan återvände till henne under natten. Några enstaka gånger väckte den henne. I det mörka rummet och med drömmen på näthinnan kände hon sig trots allt säkrare när hon kände Jacks tunga arm runt sin midja och hans andetag som lättsamt smekte hennes nacke. Att något främmande kunde kännas så behagligt.

Klockan var åtta. Jack sov tungt intill henne. Hon skickade i väg ett sms till inspektör Nico Wester och bad honom att möta henne på polisstationen vid elva.

166

Hon vände sig om i sängen, studerade noga Jack medan denne snarkade på rygg.

Han var rätt snygg ändå. Det mörka, lockiga håret och det maskulina ansiktet. För att inte tala om den vältränade kropp hon tryckt sig emot under natten. En tatuering föreställande en kvinna på överarmen. Hon log. Av någon anledning kände hon sig väldigt trygg hos denna främling.

Hon klev ur sängen, gick in i badrummet och skvätte lite vatten i ansiktet. Hur skulle hon göra med kläder? Hennes låg i en sörja av tyg och blod i en plastpåse - allt hon lyckats undvara var underkläderna. Min nya fina rock, tänkte hon och såg sorgset på sin spegelbild. Den är ju bara dagarna gammal. Hon gick tillbaka till sängen, satte sig ner på kanten och petade lite lätt på Jack.

"God morgon."

"Hej du" sa han trött medan han såg in i hennes underbara ögon. "Vad är klockan?"

"Lite över åtta. Sovit gott?"

"Som en prins" svarade han och sträckte armarna i luften medan han gäspade stort. "Hur sov du?"

"Som en prinsessa" log hon. "Du har gjort jätte mycket för mig redan - och det uppskattar jag verkligen - men har du möjligtvis några andra kläder att låna mig? Bara över dagen, jag kan komma tillbaka med dem redan ikväll eller imorgon."

"I väskan" sa han och pekade på sportbagen som låg på golvet. "Ta vad du vill."

"Tack." Hon reste sig, lyfte upp väskan på skrivbordet och började leta igenom sortimentet. Rock n` Roll var uppenbarligen en favorit hos denne man. Urtvättad t-shirt efter t-shirt med allt från Springsteen till Pink Floyd. Hon valde tillslut en långärmad med Rolling Stones-tryck. Till det ett par mjukisbyxor.

"Undrar om det är kallt ute?" sa hon medan hon satt sig på sängkanten och trädde på sig kängorna. Små fläckar av blod fanns fortfarande på dem, nu intorkat i tyget.

"Jag vet inte" svarade en slumrande Jack. "Du kan ta min rock om du vill."

Jenny kände hur hon log så där brett igen. Ett leende hon inte haft på mycket lång tid. "Nej, då har inte du någon." Hon reste sig. "Det går nog bra - jag ska ju bara mellan hotellet och bilen."

"Ses vi igen?" frågade han sömnigt.

"Ja." Hon tog sin mobiltelefon och påsen med de blodiga kläderna. "Jag måste ju lämna tillbaka kläderna."

Hon såg på honom medan han gjorde tummen upp.

"Då ses vi sen."

"Det gör vi" svarade hon och lämnade honom med ett leende på bådas läppar.

Hon kanske skulle ha tackat ja till att låna rocken. Vinden ven värre än kvällen innan och kylan var påträngande medan hon vandrade ut genom hotellets entré och vidare nedför gatan. Som tur var hade hon lyckats smita obemärkt förbi de frukosttrånande journalisterna - i detta nu kände hon sig nästan som en popstjärna som undvek Hollywoods paparazzis.

Volvons motor hoppade troget igång och likt tidigare mornar var hon tvungen att skrapa de frostiga vindrutorna. Hon skakade medan den isande vinden kramade om henne. Väl sittandes i förarsätet andades hon i handflatorna för att få tillbaka cirkulationen och rörelsen. Snart släppte imman sitt fasta grepp om vindrutans insida och sakta kunde hon starta sin färd tillbaka till Växjö.

Miljoner tankar snurrade runt i hennes inre - för mycket information och känslor hade hamnat i hennes väg under de senaste timmarna.

Kunde Jacks teori om siffrorna stämma? Det var ju trots allt det mest logiska som hitintills presenterats för utredningen. Någon sprang alltså runt och mördare människor utifrån de tio budorden? Men hur valdes offren ut? Det måste finnas flertalet i Åseda som spenderar söndagen åt arbete - för att inte tala om hur många gifta som säkerligen vaknar upp i fel säng efter en blöt kväll.

Hon log medan tankarna for iväg till den mystikfulle mannen som hon spenderat natten med. Känslorna bubblade upp inom henne. Hon hade inte spenderat en natt med en annan person på väldigt länge - än mindre med en man. Och vilken gentleman sen. Inte en enda gång hade han försökt sig på något. Inget tafsande, inget skavande eller gnuggande. Bara tryggheten som en omfamnade arm kan inbringa. Hon undrade hur gammal han egentligen var? Medan hon studerat hans ansikte under morgonen hade hon inte riktigt kunnat avgöra den frågan. Så maskulin men ändå skymtades där en pojke bakom skäggstubben.

Hade hon tid med detta? Tid att falla för någon? Hon skakade på huvudet och såg sitt ansikte i backspegeln. Höll hon på att falla för någon? Hon kände inte ens denna man - så inte kunde det väl vara känslor där?

Medan hon närmade sig Växjö centrum kom tankarna tillbaka till gårdagskvällens händelse. I baksätet låg plastpåsen med de blodindränkta kläderna. Vem var kvinnan som kastade hinken med blod över henne?

Pastorns lilla hora.

Hon förstod mycket väl vad ordvalen syftade till - men vem var kvinnan? Det hade gått trettio år.

Hon parkerade Volvon på stationens parkering, tog ut den stinkande plastpåsen och gick skyndsamt in i byggnaden. Vidare genom receptionen, uppför trapphuset och vidare genom korridoren till sitt kontor. Klockan visade på kvart i elva men hon hörde ändå inspektör Nico Westers röst från fikarummet. Nico kan man lita på, tänkte hon. Lördag och han är alltid på plats - i tid och redo att hugga i.

"God morgon" sa han samtidigt som han nådde hennes öppna dörr. Väl där inspekterade han noggrant henne från topp till tå - smått fundersam över vad han såg.

"Fråga inte" sa hon då hon kunde läsa av hans skeptiska blickar. "Jag ska lämna denna påse hos Jan - slå dig ner så länge så kommer jag snart."

Hon höll den blodiga påsen med kläder framför sig medan hon skyndade genom korridoren. Det hade inte slagit henne förrän nu - vems blod var det?

~ TJUGOTRE ~

"HUR KOM du på det?"

Inspektör Nico Wester såg förundrat på Kommissarie Jenny Valentin. Teorin var så långsökt men ändå så logisk. Men kunde det vara möjligt? En mördare som mördade efter de tio budorden?

"Det var inte jag som kom på det" svarade Jenny och njöt av det varma kaffet. "En man - en krönikör för någon tidning - konsulterade mig med denna teori och hitintills verkar den inte allför orealistiskt om än något långsökt."

Nico lutade sig tillbaka i stolen och begrundade den nya informationen. "Så det första paret mördades för att de bröt mot det sjätte budordet om äktenskapsbrott?"

Jenny nickade. "Enligt denna teori ja - det stämmer överrens med siffrorna."

"Och kvinnan i parken mördades för att hon var på väg - eller hade - konverterat till Islam för sin pojkväns skull?"

"Första budordet - Du skall inga andra Gudar hava. Även det stämmer med siffrorna, vilket också ger svar på varför det bara lämnades fyra siffror istället för fem, som vid det första tillfället."

"Och villan som brann? För att de renoverade på helgerna?"

Det stämde visserligen in på pricka. Hur sinnessjukt den än lät så stämde teorin och det kunde inte vara en slump. Nico drog ett djupt andetag medan Jenny insöp morgonkaffets härliga odör.

"Hur går vi vidare?"

"Man får anta att mördaren är fäst vid bibeln" svarade hon och tog en ny klunk ur koppen. "Det bör vara en person som rör sig i kyrkans kretsar."

Nico nickade instämmande.

"Vi behöver kartlägga samtliga inom församlingen - personen bör finnas där inom. Våra försök att finna en koppling mellan offren har strandat gång om varannan - jag tror inte längre att det finns en koppling. Mördaren väljer nog bara sina offer utefter deras handlingar som i dennes ögon bryter mot de heliga budorden."

"Okej - så vi fokuserar på församlingen?"

"Ja och främst på kvinnorna. Skoavtrycken i snön runt Michaelas döda kropp samt utanför Erik Karlsson bostad tyder på att det är en kvinna som utför morden."

Nico nickade.

"Samla hela teamet och se till att göra profilering av alla som ingår i Åsedas kyrkas lilla klan. Kontrollera deras bakgrunder, ekonomi, förhållanden, intressen - rubbet. Se om någon av dem sticker ut över det vanliga. Det finns en viss möjlighet att flera kan vara i maskopi."

"Okej - och du, vi behöver skriva en rapport för gripandet av Erik Karlsson. Han släpptes igår - efter branden - men den lilla slyngeln har lämnat in en anmälan för att ha hållits anhållen på felaktiga grunder."

Jenny suckade. Alltid var det något som advokaterna lurade i sina klienter - för hennes del var misstankarna mot Erik Karlsson inte helt avfärdade. "Jag löser det."

Nico reste sig, såg på henne och satte sig åter ner i stolen. "Jag är ledsen, Jenny, men innan jag går måste du dessvärre berätta historien bakom ditt klädval." Han skrattade. "Jag menar - jag visste inte ens att du ägde sådana kläder?"

"Det gör jag inte heller" fnös hon. "Jag var på Bistro igår för att se mig omkring - se om någon eller något misstänksamt hände där. Det mesta och de flesta i Åseda verkar kretsa runt den där baren."

"Klädd så där? För att passa in eller vad?"

Jenny log. "Nej dummer - när jag lämnade Bistro och var på väg till bilen så kom någon dåre körandes på gatan med nervevad sidoruta. Personen kastade sedan en hink med blod över mig medan denne skrek några väl valda ord. Kläderna fick jag låna av personen som bevittnade händelsen och hjälpte mig."

Nico såg på henne med en allvarligare blick. Med vidöppen mun lyckades han stamma fram orden. "Men? Varför? Vad fan är det som händer med den där staden?"

Jenny ryckte på axlarna. Den som ändå det visste.

"Såg du vem det var?"

"Nej - men jag har mina aningar."

Nico skakade oförstående på huvudet och såg irriterat framför sig.

173

"Jag har lämnat över påsen med mina blodiga kläder till tekniska. De får analysera vems blod det är - och jag hoppas vid Gud att vi inte har ett nytt offer därute."

Nico reste sig.

"Vilken vidrig handling." Han skakade åter på huvudet. "Men jag samlar de andra och så påbörjar vi utredningen av församlingen."

"Bra. Jag åker hem och byter kläder - ni når mig på telefonen."

Nico vände om och gick mot dörren, tog några steg ut i korridoren men vände sig sedan igen. "Förresten - du har alltså inte varit hemma efter denna händelse?"

Jenny såg på honom där han fundersamt stod lutad mot dörrkarmen.

"Så vems är kläderna?"

Jenny insåg att hon inte kunde dölja sitt leende och hon förstod att Nico uppfattade det. Hon skakade på huvudet. "Det är en annan historia - vi tar den senare."

JACK MOLIN vandrade längst gatan i det lilla samhället. Decembervinden med sin magiska kraft att få trädtopparna att buga sig inför den hade mirakulöst kapitulerat i takt med att förmiddagssolen skingrat molnmassorna. Jack fann det uppriktigt behagligt medan strålarna träffade hans ansikte. Snön knastrade under kängorna som ljuv musik för en årstidsälskare.

Ändå var det tankarna på Jenny Valentin som fick honom att vandra kilometer efter kilometer. Medan han rundade Bistro för andra gången på en timme dominerade händelsen från gårdagskvällen hans inre.

Vilken sjuk människa kastar en hink med blod över någon? Och varför Jenny - vad hade hon gjort?

Tankarna snurrade runt i takt med stegen. Den bisarra händelsen - känslan som uppstod under kvällen, kemin mellan honom och Kommissarien - och den underbara närheten som de slutit under småtimmarna i det kalla hotellrummet.

När han timmen senare passerade Bistro för tredje gången hade även hungerkänslan kommit över honom. Han gick mot Bistros entré för att se vad dagens lunch kunde erbjuda.

GRISBLOD?

Kommissarie Jenny Valentin såg på Jan Evert och sedan åter ned på resultatet på pappret han lagt framför henne på skrivbordet. Det var ju visserligen en lättnad då det innebar att hon inte fått ännu ett offers blod kastat över sig - men grisblod? Det var ju minst lika vidrigt.

Hon hade varit förbi hemma och såg nu ut som hon brukade. Respektabel - i en vit blus, svart kavaj och uppsatt hår. Ansiktet var sminkat och de annars så smala läpparna var nu fylligare tack vare ett illrött läppstift.

"Grisblod?"

Jan nickade.

"Tack" sa hon. "Då har jag mina misstankar om vem det kan vara."

Även inspektör Nico Wester befann sig i rummet, stod avslappnat lutad mot dörrkarmen men med ett sammanbitet allvar i blicken. "Vem tänker du på?"

"Det måste vara Stina."

"Stina?"

Jenny nickade och lutade sig tillbaka i stolen. "Stina Olsén. En gammal tant som bor utanför Åseda. Hon och hennes man, Harald, har en mindre grisfarm där."

"Är du säker?"

"Det var en pickup som framfördes, det minns jag. Se efter i registret om de äger en sådan."

"Vad var makens namn?" frågade Nico samtidigt som Jan ursäktade sig och lämnade rummet.

"Harald - Harald Olsén om jag inte missminner mig."

Nico antecknade och såg sedan fundersamt på henne. "Vad får dig att misstänka just Stina?"

"Min far" svarade hon snabbt. "När blodet kom farande över mig hörde jag kvinnan skrika *pastorns lilla hora*."

"Pastorns lilla hora?"

"Min far var pastor i Åseda när jag var yngre. Låt oss stanna vid att säga att han retade upp en stor del av lokalbefolkningen." Hon suckade. "Kontrollera vilka fordon som står i deras förfogande - och ta sedan in Stina till förhör."

Nico vände sig om och var precis på väg att försvinna bakom väggen då hon ropade åt honom.

"Och kontrollera vad hon har för skostorlek."

Var kärringen galen nog att skvätta grisblod omkring sig så var hon säkerligen psykiskt kapabel till att tjäna som Guds hämnare.

~ TJUGOFYRA ~

BLÅSLJUSEN SKEN utmed den lilla snöleriga vägen medan utryckningsfordon efter utryckningsfordon skyndsamt tog sig fram till gården. Solen hade sakta börjat dala ner mot skogens toppar och veteåkern sken i en rödbrun nyans till det vita slasket. Pikébussen bromsade in på det leriga underlaget och dörrarna slogs upp. Tungt beväpnade omringade de professionellt huvudbyggandet och den lilla ladan intill. Rutinmässigt och snabbt.

I inhägnaden bökade de feta svinen som med största sannolikhet inom några dagar skulle till slakteriet för att serveras som en av julbordens mest älskade huvudrätter.

Inspektör Nico Wester klev ur en av bilarna, såg sig omkring så att samtliga intagit position och gick sedan med dragen tjänstepistol fram till den lilla verandatrappan. I samma ögonblick slogs dörren upp och en äldre man uppenbarade sig i dess öppning. Klädd i slitna och smutsiga jeans och en röd polotröja höll han sitt gevär riktat mot inspektören.

Nico handlade blixtsnabbt och sekunden senare stod gevärsmannen öga mot öga med Nicos pistol. Tre meter skilde dem åt. Nico såg sammanbitet på mannen medan han med en handgest signalerade till en av polismännen som stod tryckt längst med husväggen att avvakta.

"Sänk geväret" beordrade han och spände ögonen i mannen. "Vi vill er inget illa."

Mannen såg sig oroligt omkring på de blinkande fordonen och poliserna men ignorerade Nicos befallning.

"Vi kommer från polisen" fortsatte Nico och tog ett försiktigt kliv upp på det första trappsteget. "Vi vill bara ställa några frågor."

Han tog ännu ett steg upp samtidigt som en äldre dams röst hördes.

"Harald, var inte dum nu." Hon ställde sig intill mannen och vädjade till poliserna. "Skjut inte."

"Släpp geväret och håll era händer ovanför huvudena."

"Harald" sa kvinnan medan hon sträckte sina händer i luften. "Harald - gör som de säger."

Motvilligt lade mannen ifrån sig geväret och sträckte sina händer mot den mörknande skyn medan poliser stormade förbi Nico och fram till paret. Med handbojor fördes de vidare till varsin väntande bil för färd till stationen.

Nico skakade på huvudet och bad sina kollegor söka igenom bostaden medan han själv tog sig en titt på parets pickup. Nog fanns där intorkat blod på sätet och på dess golv låg en gammal hink.

Jackpott, tänkte han medan han fiskade upp sin mobiltelefon för att meddela fynden till Kommissarie Jenny Valentin.

UTANFÖR HADE mörkret påbörjat sin omfamning och stadens gatlyckor gjorde sitt yttersta för att bistå med ljusets vägledning. Människor pulsade genom slasket på trottoarerna - likt myror stretade de med sina väskor och shoppingpåsar kors och tvärs. Klockan närmade sig tre och Kommissarie Jenny Valentin synade sin egen spegelbild i fönstrets glas.

I varsitt förhörsrum satt grisbönderna Harald och Stina Olsén - misstänkta för att ha förnedrat Jenny genom att kasta en hink med grisblod över henne. Men var det allt? Telefonen ringde och avbröt hennes tankar. Hon rundade skrivbordet och lyfte på luren.

"Valentin."

I andra änden hördes Åklagare Gunilla Ströms röst. Nyfiken som hon var ville hon uppdatera sig om den husrannsakan hon tidigare godkänt - den hos paret Olsén.

"Vi har dem i förvar" berättade Jenny. "Vid gripandet - ett ganska dramatiskt sådant skulle det visa sig - så hotades vi av Harald som kom ut med gevär."

Gunilla lyssnade intresserat till de fynd som hittats hos paret - en pickup med spår från grisblod och den hink som troligen används vid tillfället.

"Harald kom ut på verandan med ett gevär" fortsatte Jenny sin plädering. "Tekniker söker nu igenom huset efter fler vapen men inget har kommit till min kännedom än."

Jenny satt tyst medan Gunilla talade i den andra änden. Kunde två gamla grisbönder vara kapabla till att begå dessa mord? Om det inte hade varit för

179

grisblodsskändandet hade hon aldrig styrt sina misstankar åt deras håll.

"Stina har trettioåtta i storlek men det kan mycket väl finnas kängor på gården som är i trettionio - ibland är vinterkängor någon storlek större för att man ska få utrymme för raggsockor."

Gunilla bad henne att återkomma efter förhöret men att hon godkände att Jenny höll paret fortsatt frihetsberövade över natten.

Jenny avslutade samtalet, tog sitt anteckningsblock, reste sig och lämnade kontoret. Inspektör Nico Wester mötte henne utanför förhörsrummet där Stina satt väntandes.

"Så, hur vill du lägga upp det?"

Jenny såg in genom fönstret till förhörsrummet. Stina satt vid bordet - närmast orörd av situationen. Stirrandes framför sig, orörlig.

"Jag förhör Stina" svarade hon. "Du tar Harald."

"Visst." Han tog en klunk ur kaffekoppen. "Lycka till."

Jenny fortsatte att se in genom fönstret medan Nico försvann in i förhörsrummet intill. Sedan tog hon ett djupt andetag, pressade ner handtaget och öppnade dörren.

Stinas ögon bevisade ett fulländat hat - stirrandes på henne medan hon satte sig ner mittemot. Jenny kunde skåda skärselden brinna i den svarta blanka och fasta blicken. Hon rös men vägrade visa Stina någon nåd.

"Jag är Kommissarie Jenny Valentin."

Än mer ilska blixtrade under den gamla kvinnans rynkiga ögonlock.

"Vet du varför du är här?"

Stinas ondska stirrande fortsatte i tystnad. Den korta, tunna gumman med lockigt grått hår. Den bruna stickade koftan dolde den av åldern sargade kroppen och de små okvinnliga händerna var smutsiga. Ansiktet var rynkigt och sammanbiten. Stora ögon - smala läppar. Huden var färglös och gammal. Jenny såg ner i sitt anteckningsblock och kunde inte tro på att denna kvinna endast nått en ålder av sextiofem - hon såg ut at vara över hundra.

"Förstår du varför vi hämtat in er?"

Stinas stela ansikte förde Jennys tankar till J.R.R Tolkiens fantasiböcker om ringen - påminde om en fabel från Mordor. Eller något väsen ur alla de Japanska skräckfilmer hon sett. Hon föreställde sig hur Stina reste sig, snurrade sitt huvud medan hon sakta svävade runt rummet. Hade Jenny lyckats snubbla över ett fall av exorcism? Budorden och Guds närvaro fanns ju där sedan tidigare så?

"Stina - jag kommer fråga dig en gång till. Vet du..."

"Jag vet mycket väl vem du är?" väste Stina. "Och du vet mycket väl varför jag är här."

Jenny visste mycket väl att det var mer bakom grisblodet men det rättfärdigade inte att hon skändades för det.

"Jag har mina aningar. Men varför grisblod?"

"Det var Haralds idé - om jag fått välja hade vi inte skonat dig." Hon såg ner i bordet. "Harald påminde om att det inte är sådana vi är."

"Mördare?"

Stina nickade men fortsatte se ner i bordet. Dolde hon något? Varför nu denna avsaknad av ögonkontakt? Hon som stirrat Jenny i ögonen sedan första sekund och inte avvikit en millimiter.

"På vilket sätt menar du att ni valde att skona mig?"

Blicken var tillbaka - lika bländande som om blixten slagit ner i de mörka blodsprängda globerna.

"Rita" väste hon på nytt. "För Rita."

Jenny skakade på huvudet, lutade sig bakåt och lade armarna i kors över bröstet. "Det var min far." En kort tystnad. "Det har ingenting med mig att göra."

"Du är din fars avkomma. En pastors lilla hora. En dotter för en dotter."

Jenny satt tyst. Hon förstod att det inte skulle gå att resonera med Stina. Hon levde i en helt annan värld - svävade någonstans mellan verkligheten och sorgen. Hon förstod att man kunde ersätta saknaden av en dotter med döden för en annan. Men frågan var om den mellanvärlden och saknaden fått paret att ingå tillräcklig galenskap för att begå de hemska morden?

"Jag beklagar verkligen det som hände Rita." sa hon och lutade sig åter framåt. "Men det var min far - inte jag. Och jag har redan sonat för det, dag in och dag ut."

Stina skakade på huvudet men sa inte ett ord.

"Vad har de andra människorna gjort er?"

Stinas blick förändrades - hon såg mer förvånad ut.

"Varför mördade ni de människorna?"

"Jag och Harald är inga mördare?"

"Inte? Ni har tillgång till vapen, ni har redan hotat en polisman med ett gevär och skändat en annan med grisblod - detta i samma veva som en rad mord sker i området. Mord som knyter an till det kristna vilket ni uppenbarligen är besatta av och lägg där till - du sa just att ni valt att skona mig."

Stina satt tyst. Återigen sänkte hon blicken.

"Varför skonade ni mig och inte de andra, Stina?"

Hatet som strålade i den höjda blicken fick Jennys nackhår att resa sig i givakt. Förhörsrummet hade aldrig känts så kallt och klaustrofobiskt.

~ TJUGOFEM ~

JACK MOLIN satt vid hotellrummets lilla skrivbord med sin laptop. Början till en krönika om Åseda och dess mordiska atmosfär. Han ville vara först. Inte för att han tänkte släppa historien före dess att en gärningsman stod åtalad men han tänkte inte låta någon annan skriva om det. En så här bisarr historia kommer man bara över någon gång i karriären och han tänkte inte låta den glida honom ur händerna.

Mobiltelefonen satt som klistrade mot örat medan hans fars advokat och tillika förvaltare Lars Forsberg talade i den andra änden. Han satt i slitna träningsshorts och ett linne med Guns N' Roses emblem. Håret alltjämt lockigt.

"Sälj det" suckade han ointresserat.

Det stora godset som hans far ägde och innan stroken bott i. Det stod nu klart att hans far aldrig skulle klara sig själv igen och Jack var inte intresserad av att sköta om sin far i en gigantisk herrgård. Fyra hundra kvadratmeter att hålla i skick? Även om han tog in hjälp på sin fars förmögenhet och bekostnad kändes tanken orimlig.

"För mig får ni sälja det."

Kanske skulle Torbens kvinna eller kvinnor motsätta sig detta men det fick så vara - det fick väl Lars lösa så alla parter fick sitt. Jack var inte särskilt intresserad av sin fars förmögenhet. En man som knappt funnits där för honom, som inte ansträngt sig för att ha en far och son relation. Nej - Jack var mer intresserad av att inte behöva ha allt för mycket med sin far och dennes affärer att göra.

Det knackade på hotellrumsdörren. Jack sänkte ögonbrynen och såg fundersamt på dörren medan han reste sig för öppna. Kommissarie Jenny Valentin stod där utanför - nu mer uppklädd än han någonsin tidigare sett henne med den vita blusen och den svarta kavajen. Hon höll upp en påse med vad han gissade måste vara kläderna hon tidigare lånat. Han gestikulerade åt henne att komma in och hon slog sig ner i fåtöljen medan han avslutade samtalet med advokat Lars.

"Vad gör mig den äran?" frågade han och lade mobiltelefonen på skrivbordet, vred på stolen och mötte hennes vackra ögon.

"Dina kläder" log hon. "Som utlovat."

Han såg på påsen och nickade. "Lägg dem på sängen."

"Och som tack för att du var så otroligt snäll mot mig i natt så vill jag fråga om jag får bjuda på middag?"

Han log. Den vackra Jenny Valentin ville äta middag med honom? Det hade han inte kunnat föreställa sig när han åkte de trettio milen ner till en småländsk håla.

"Om du har tid?"

"Självklart" nickade han. "Låt mig bara byta om."

Jenny log medan han började riva i sin väska. Oförbered på en middag hade han ett glest utbud på passande kläder.

"Är det här för att jag inte tafsade?" frågade han medan han stack huvudet i sin grå jumper.

Jenny skrattade. "Kanske det." Inte många karlar som klarar av att ligga bredvid en kvinna en hel natt utan att försöka sig på något. Eller jo - när man väl gift sig så verkar det gå galant.

"Vart ska vi gå då?" frågade han när de tajta jeansen var på plats. Håret fick vara som det var, det skulle ta alldeles för lång tid att platta till.

"Det kanske låter konstigt men jag är sjukligt sugen på pizza" blev hennes svar.

"Pizza" sa han och log när han såg hennes leende blick som oskyldigt vittnade om en osund stil mellan träningspassen. "Så romantiskt."

"Det är en tack-för-att-du-inte-tafsade - middag" skrattade hon. "Inte en romantisk dejt."

Utanför föll snön på nytt och bröt av mot den svarta kvällshimlen. De vandrade mot pizzerian till stämman av skratt och samtal om i fall tröjor med hårdrockstryck var det enda som Jack ägde. Något som han avfärdade utan att få Jennys fulla tillit till hans trovärdighet.

Då stod den där igen - upphöjd och upplyst mot den svarta omgivningen. Jack kunde se Jennys stelhet och uttryck medan de vandrade förbi den. Med snabbare steg än tidigare passerade de den ståtliga kyrkan. Jack ställde aldrig frågan - men förstod att den påverkade henne.

"Så hur går utredningen?" frågade han när de satt sig tillrätta vid ett av borden i hörnet av restaurangen.

Hon såg fundersamt på honom och log. "Det beror på."

"Beror på vad?"

"På om du tänker skriva ut det jag berättar i någon av gamarnas nätupplagor?"

Han skakade på huvudet. "Nej - jag är bara intresserad om min teori stämmer eller om den tog er någonstans?"

Efter att ha funderat några sekunder insåg hon att hon kände sig trygg i hans närvaro, kände sig trygg med att det som de pratade om skulle stanna dem emellan. Och det var ju trots allt han som kommit med teorin - så nog förtjänade han viss kredd för det.

"Vi har gripit ett par - två äldre personer - som vi misstänker kan ha en viss inblandning i morden. De stämmer in då de utgjort fara vid gripandet samt att de är flitiga besökare i kyrkan. Men vi har inga konkreta bevis i nuläget."

Jack nickade medan han såg ner i menyn. "Du vet" sa han. "Budorden är tio - om ni gripit fel mördare så lär det visa sig."

Den tanken hade även Jenny kommit till insikt med. De hade redan arresterat fel mördare en gång tidigare. Erik Karlsson satt i häktets trånga utrymmen när mordbranden raserade och lämnade ett nytt budord efter sig.

"Det är sju budord kvar" svarade hon. "Om det är fel par som sitter häktade nu så är det bara en tidsfråga innan nästa mord sker." Hon skakade på huvudet. "Men vi har förstärkt upp med fler patrullerande poliser i området och vi kartlägger samtliga invånares bakgrunder för att finna någon koppling till budorden -

vilket i sig är som att leta efter en nål i en höstack samt att det tar en oändlig tid och resurser."

Jenny beställde Hawaii medan Jack tog hamburgartallriken. Båda valde öl och serverades den kalla drycken i väntan på rätterna.

"Var offren flitiga besökare av kyrkan?" frågade Jack medan smuttade på den skummiga ölen.

"Ja - alla utom Michaela."

"Michaela?"

"Kvinnan i parken. Hon som övergav kristendomen för sin pojkväns religion."

"Det var det som dödade henne."

Jenny nickade.

"Nästa offer - om ni nu inte gripit gärningsmannen eller gärningsmännen - borde vara någon som ofta besöker kyrkan."

"Vad grundar du det på?"

Jack ryckte på axlarna. "En känsla bara. Jag tror att mördaren - som troligen är psykiskt sjuk - äcklas av att se hur medlemmarna får sina synder förlåtna vid gudstjänsterna för att sedan gå ut och fortsätta sitt syndande. I mördarens ögon är det nog inte förenligt med sin tro och värdegrund."

"Intressant" svarade Jenny. "Så mördaren borde teoretiskt sett vara någon i församlingen?"

"Ja - och jag tror att om ni inte finner mördaren innan samtliga budord tagit slut så kommer ni inte finna honom eller henne."

"Inte?"

"Nej - inte i livet i alla fall."

"Jag förstår inte?"

Jack lutade sig framåt. "Jag har gett detta mycket betänketid idag när jag satt och skrev. Det påminde mig om filmen 'Seven'. Har du sett den? Du vet - med Brad Pitt?"

Jenny nickade. Vem har inte sett den? En mördare som mördade människor efter de sju dödssynderna. Hemsk film, tänkte hon. Stackars Pitt som får sin frus huvud levererad i en kartong.

"Femte budordet - Du skall icke dräpa - det kommer att vara det sista mordets siffror och det kommer att vara mördaren själv som begår sitt självmord för att ha brutit mot det genom att ha mördat dessa människor."

Jack kunde ha rätt. Hon såg på honom med skräckblandad förtjusning. Han var ju ett geni som skulle gjort sig mycket bra som mordutredare. Samtidigt var det tur att han hade alibi för mordtillfällena för annars hade hon nog misstänkt honom då hon inte förstod hur han kom fram till de långsökta teorierna.

"Du har verkligen gett detta en tanke" svarade hon.

Den väldoftande pizzan serverades framför Jenny. Doften av ananas och dragon fyllde rummet. Jack såg ner på sin hamburgare och konstaterade att det inte var den vackraste skapelse han åtrått sig. Men vem brydde sig när man satt med den vackraste kvinna han någonsin sett?

"Så, Jack" sa Jenny medan hon skar upp sin pizza i mindre tårtbitar. "Berätta mer om dig själv."

"Vad kan jag säga?" frågade Jack, mer som en fråga till sig själv än som ett svar.

Jenny åt och drack medan hon intresserat lyssnade till Jacks berättelse om sig själv, sin sjuka far som han inte hade den bästa av relationer med. Hur hans mor gick bort i sviterna av cancer för en herrans många år sedan och hur det drev han och hans far allt längre ifrån varandra.

Hon kände mycket väl igen sin egen relation med sin far i Jacks sorgliga berättelse.

~ TJUGOSEX ~

HON KUNDE lita på Jack Molin. Hon kände det inom sig. En känsla som hon inte haft på flera år - om ens med någon tidigare. Han hade ju varit öppen med sitt liv, med sin berättelse och familjefejder. Alla har vi våra problem - alla har vi någon form av mörkare historier i det som kallas för livet.

"Vill du verkligen veta?"

Hon smakade av ölen och skakade lite lätt på huvudet. Jack log och svarade så vänligt som hon bara föreställde sig att just han kunde. Trots allt var han ju en gentleman. En sådan som varken tafsade - även om hon vissa stunder under natten hade önskat att han skulle det - och inte heller verkade han vilja vara till besvär eller göra henne obekväm.

"Bara om du vill berätta - annars kan det vänta."

Hon tog ett djupt andetag och ställde ner ölglaset framför sig, slöt sina ögon och lät de mörka minnena på näthinnan bilda orden som formades på hennes tunga, lämnade munnen och fyllde rummet av tragedi.

Hon var sju år. En söt liten flicka som bodde med sina föräldrar och yngre syster i en av Åsedas villor. Hennes mor var Kantor och ledde pianoundervisning och gospelkör i Åsedas Kyrka. Hennes far var Pastor och Jenny och hennes syster, Malin, uppfostrades i en kristlig anda med söndagsmässor och bordsböner.

"Jag vet inte varför men en kväll vaknade jag med en underlig känsla av att något kallade på mig" sa hon och stirrade tomt framför sig innan hon åter slöt sina ögon.

I det stora sovrummet på övervåningen sov hennes mor och syster djupt. Hennes far saknades och hans sida av sängen blottade sig tom. Hon smög vidare nedför trappan och ut i hallen. Regnet öste ner medan hon smög ut genom ytterdörren och försiktigt stängde den efter sig.

Den vita nattklänningen var inom några sekunder sjöblöt och hon huttrade medan hon vandrade den korta sträckan till kyrkan - där hon trodde att fadern skulle finnas. Med lätta steg tog hon sig upp på den låga muren som likt en ram skilde asfalten från kyrkogårdens gräs - en symbolisk gräns mellan de levande och de döda. Gräset kittlade hennes bara fötter medan hon pendlade mellan gravstenarna. Fötterna försvann i de vattenpölar som bildats och håret låg platt mot de rödmosiga kinderna.

"Den var alltid så mäktig i mina ögon." Jenny öppnade ögonen och suckade. "För en sjuårig flicka var det den största byggnaden som fanns."

De vassa småstenarna skar in i de bara trampdynorna medan hon mödosamt klev över gruset. En lättnad när hon nådde de halkiga och kalla kullerstenarna som ledde upp till den mäktiga byggnaden. De stora svarta

194

parportarna fick henne att känna sig som en prinsessa stirrandes på det slott hon en dag skulle ärva av sin mäktiga Konung till far. Handtagen i svart smide krävde all hennes kraft för att pressa nedåt - sakta öppnade sig porten och en strimla av ljus sken över hennes nyfikna ansikte.

Nu hörde hon rösten - den välbekanta rösten. Men något var förändrat. Den var mörkare och mer barsk än då den messade ut Messias lärdomar under söndagsmässorna. En kuslig ton hängde över den medan den fyllde salen. Hon klev längre in - på sidorna om henne var bänkarna uppradade. Tomma rader som under hennes tidigare besök alltid var fyllda till bredden med syndare och tröstsökande män och kvinnor - barn som gamla.

Jenny pausade och slöt åter sina ögon. Jack satt tyst - oförmögen att varken dricka av ölen eller distrahera sig med något annat än att lyssna. Förstod han att något hemskt skulle uppenbara sig framför den där sjuåriga flickan i kyrkosalens dunkla inre?

I kyrksalen sken ljuset från hundratalet stearinljusens lågor som kastade skuggor över väggarna medan vinden från den öppna porten virvlade in i salen. Framme vid altarbordet såg hon ryggen på den vita prästskruden - armarna i luften med ett träkors i ena handen och den helige Graalens bägare i den andra. Hon gömde sig bakom den främre bänkraden. Pastorn - hennes far - svamlade några för Jenny ohörbara ramsor innan han sänkte Graalen mot altarbordet.

Kyparen avbröt dem - till Jacks förtret - då berättelsen tog sin mest spännande vändning. De beställde in varsin öl och Jenny samlade sig en stund medan kyparen lät kranarna skvala vid bardisken. De var inte ensamma inne på restaurangen men historien fick dem båda att känna sig som om de satt i ett öde vakuum utan varken tid eller rum.

Det var så längesedan hon ägnat detta en tanke - så längesedan hon berättat eller ens talat om detta. Jack var en bra lyssnare - lite lik de psykologer hon talat med under den första halvan av hennes vuxna liv.

"Då så" sa hon när ölen var serverad och provsmakad. "Är du redo för resten av min berättelse?"

Jack nickade men var inte säker. Han förstod att något mycket obehagligt väntade bakom den där prästskrudens vita rygg. Ändå ville han veta. Jenny berättade så detaljerat att han nästan kände sig delaktig i den där kyrkosalen för snart tre decennier sedan.

"Nu hörde jag en andra röst eka ut i salens akustiska tomrum" fortsatte Jenny och slöt åter ögonen.

Rösten kom från den unga flicka som låg utsträckt på altarbordet - naken med bundna armar och ben. Försiktigt lyfte fadern flickans huvud och förde Graalen mot hennes läppar. Det röda håret föll över sidan på bordet. Pastorn ställde ifrån sig Graalen, tog en flaska och fyllde upp den innan han själv tillät sig en klunk direkt ur flaskans hals. Flickans gnyende fick Jenny att rysa medan fadern tog av sig den vita skruden och uppenbarade sig naken inför Jesusstatyetten som hängde över dem båda.

"När flickans sexuella tjutande ekade ut så reste jag mig och sprang skrikandes ut ur kyrkan och hela vägen hem till mamma. De grep min far samma kväll i kyrkan - jag tror han förstod att det hela var över. Flickan var fortfarande kvar när de kom för att hämta honom."

196

Jenny tog en klunk ur ölen medan Jack försökte hämta sig efter den bisarra berättelsen. Han höjde ögonbrynen och såg på Jenny med en blandning av chock och sorg i blicken.

"Så din far våldtog en flicka framför dina ögon?"

Jenny nickade. "Han försökte påstå att det var en exorcism men nej - det var en fullbordad våldtäkt."

"Jag vet inte vad jag ska säga?"

"Du behöver inget säga" log Jenny. "Det är längesedan." Hon tog ännu några klunkar. "Mamma tog med sig mig och Malin och vi flyttade till Växjö."

"Vem var flickan i kyrkan?"

"Rita Olsén" svarade Jenny. "Hon var fjorton år när det hände. Hon kom från en väldigt kristen familj och de var flitiga besökare i min fars församling. Rita kom till min far och berättade att hon nu som tonåring ifrågasatte sin kristna tro och min far övertygade henne om att det var vanligt att främmande väsen hemsökte unga flickor. Han erbjöd sin hjälp men försäkrade sig om att ingen skulle få veta om det - han påstod att hennes föräldrar skulle bli förkrossade av att deras barn var hemsökt av Lucifer i egen hög person."

Jack skakade på huvudet och ville säga hur sjuk hennes far måste ha varit men höll det istället inom sig.

"Genom att dricka henne onykter med ord som att det skulle vara Jesu blod och att den berusning och förvirrning hon skulle känna var hans Heligas sätt att driva andarna på flykt - det var förstås en undanmanöver för att få av flickan kläderna" fortsatte Jenny och stirrade ilsket framför sig. "Efter att pappa fått sin fängelsedom och vi flyttat från staden så skar sig

Rita i handleden - slet av pulsådern och dog i armarna på sin mor, femton år gammal."

"Hon klarade inte av att leva med skammen?"

Jenny skakade på huvudet. "Många våldtäktsoffer vänder sin ilska och anklagar sig själva för det som inträffat."

Jack drack ur ölen och skakade på huvudet. "Efter en sådan här historia behövs verkligen öl." Han kallade kyparen till sig. "Vill du ha en till?"

Jenny skakade på huvudet. "Nej - efter en sådan här historia behövs sprit." Hon log. "Martini tack." Kyparen nickade och vände om mot baren bara för att bli återkallad. "Och varför inte - två tequila till det."

Tequila? tänkte Jack. Den här kvinnan har visst allt. Han log åt henne och drog ett djupt andetag medan han fundersamt förde tankarna till kyrkosalen. Hur kunde denna söta flicka komma från en så hemsk människa till far? Det var så absurt och så förfärligt.

"Pastorns lilla hora" sa han, utan att tänka på att han sa det rakt ut - högt. Han rodnade när Jenny spände sin förvånade blick i honom.

"Ursäkta?"

"Nej, jag..." stammade han. "Det var, jag menar - det är vad kvinnan med blodet sa - *Pastorns lilla hora* - det är mamman vars dotter dog i hennes armar?"

Jenny log. "Säkert att du inte är mordutredare?"

Han skrattade.

"Du är duktig" fortsatte hon. "Men du har rätt - Stina Olsén. Och för övrigt så var det grisblod. Men de sitter hursomhelst just nu i arresten och lär få stanna där."

"Grisblod?" sa Jack med avsky i tonen. "Urs."

Jenny ryckte på axlarna samtidigt som dryckerna serverades. "Bättre det än blodet från ett nytt offer."

Sant, tänkte han medan hon räckte honom det ena shotsglaset med tequila, gav honom en citronskiva, tog hans hand och lät saltet fylla huden mellan hans tumme och pekfinger.

"Skål då, Jack" sa hon och höjde glaset. "Nu vet vi allt om varandras mörka historier.

"Din är aningen mörkare än min" svarade han och besvarade skålen.

Medan hon harklade sig efter att tequila, salt och citron passerat förbi smaklökarna kunde han inte låta bli att le.

"Jo, Kommissarien."

Hon såg på honom.

"Med all denna alkohol så är det bara en sak jag undrar över?"

"Vad kan det vara?"

Han log på nytt. "Var har du tänkt sova i natt?"

~ TJUGOSJU ~

JACK MOLIN räckte över glaset med det röda vinet från sin minibar på hotellrummet. Kommissarie Jenny Valentin tog leende emot det, sittandes i fåtöljen. Hon var aningen bekymrad över sin berusning - tänk om ett nytt mord inträffade i natt? Hon - som aldrig drack under utredningar, som endast tränade och arbetade. Vad skulle hon försvara sig med? Men samtidigt så var mannen framför henne alldeles för spännande för att inte låta känslorna få övertag denna gång. Hon hade dem fortsatt under kontroll men släppte på dem tillräckligt mycket för att låta dem styra henne i en främmande och spännande rikting. Och hon gillade det.

Jack öppnade ölburken och fuktade strupen med det kalla lagret. Han såg på Jenny medan hon smuttade på vinet och gjorde sig hemmastadd i fåtöljen. Han förstod att hon hade planerat att sova hos honom - med honom. Men samtidigt satt hon på samtliga ess. Det var alltid så med kvinnor - överallt, oavsett - när en man och en kvinna är på en dejt så är det egentligen bara kvinnan som vet om kvällen kommer att avslutas med sex. Mannen kan bara hoppas medan kvinnan alltid vet.

"Så" sa han i ett lirkade försök till klarhet. "Är det kallt i rummet eller är det fåtöljen som kommer äras min närhet i natt?" Han log och flörtade med ögonbrynen. "Du vet ju redan att jag är den typen av man som håller mig på min sida av sängen." Han tömde ölen och kastade den tomma burken i papperskorgen.

"Det är lite kyligt här inne" log Jenny, svepte vinet innan hon reste sig och försvann in i badrummet.

Jack drog bort överkastet från den nybäddade sängen innan han tog av sig kläderna, djupt försjunken i tankarna om den sjuåriga flickan som fick se sin far utöva en våldtäkt på en minderårig, drogad flicka. Han rös av blotta tanken - ingen ska behöva genomlida något sådant.

När Jenny kom ut från badrummet låg Jack redan på sin sida av sängen, nedbäddad från topp till tå. Belysningen var dämpad - endast sänglampan kastade ett sken över rummet - och gardinerna var fördragna. Hon log och tog av sig kavajen. I sängen visste Jack inte riktigt hur han skulle bete sig och lät blicken flacka mellan taket och Jennys medvetna striptease. Hon trädde ur jeansen, lät blusen falla till golvet och kröp ner i sängen.

En stillsam tystnad inföll medan de båda lät hundratalet tankar forcera fram i huvudet. Mer behövdes inte - Jack kunde inte hålla det inom sig längre. Han behövde få veta - få veta hur hon smakade, hur hon kändes. En lättsam men bestämd smekning över kinden medan han lutade sig över henne. Hon slöt sina ögon och lät sig omfamnas - inlindad i en kyss som fick

202

hennes hjärta att bulta i bröstet. Andlöst låg hon sedan kvar någon sekund innan hon släppte på det sista koppel som hållit känslorna under någorlunda kontroll.

Som besatt hävde hon sig upp, grenslade hans kropp medan deras läppar återigen fördes samman. Slet sig ur hans fasta grepp, sträckte armarna bakom ryggen och släppte lös brösten från BHn. Jack smekte hennes nakna rygg, tog ett stadigt grepp om hennes midja och kastade henne åt sidan för att sekunden senare finna sig själv ovanpå - öga mot öga med den vackraste kvinna han någonsin skådat. Även naken var hon en skönhet - som han fantiserat visade sig verkligheten till och med överträffa dagdrömmarna.

Hon hade glömt hur stor hennes sexlust var - alla timmar av arbete och träning som hon valt för att glömma. Glömma och kanske förhala den biologiska klockan som skrek efter dejter, sex och sökandet av närhet och kärlek. Budskapsmord, hämndlystna galningar och faderliga våldtäktsmän var som bortblåsta i denna trolska dans av nattlig naken ritual.

Hon hade längtat efter det, trånat, önskat. Som om blixten slog ned och hon var den högsta punkten - elektricitet som for genom kroppens blodsystem, från magen via hjärtat och värmde själen som en glödande gloria runt dess kropp. Hon tjöt medan han trängde in allt djupare och med sammanslingrade kroppar kändes inte rummet lika kyligt längre. Stönen avlöste varandra - krampaktigt slöt hon händerna runt lakanet och vägrade släppa taget.

Pärleporten öppnade sig - i en spänd båge lät hon sig själv föras in i Edens lustgård. Jack var den förförande Adam, hon den syndande Eva och tillsammans åt de nu det äpple som skulle förvisa dem båda till ett liv av synd och lustan. Hon hörde Guds barska stämma, beordrande, dömande, varnande - men hon ignorerade den och lät syndafloden forsa fram med ett ylande som fick Jack att häpna av dess kraft.

Sekunderna senare återfann hon sig på jorden. Jacks vilande kropp och trygga omfamning medan de båda försökte hitta tillbaka till hjärtrytmen. Han var underbar - bättre än vad hon någonsin kunnat föreställa sig. Inte bara hans sätt att väcka hennes sexlust, han var även den trevligaste gentleman hon träffat.

Till berusningen av sexuell utmattning, tequila och ljudet av ett annat slående hjärta intill sitt somnade hon i de vaggande armarna av en ny förälskelse.

FESTEN HADE tystnat. Staden låg återigen i ett nattligt dunkel medan Sofia Bengtzon lämnade lägenheten som tillställningens sista gäst. Att vandra hem ensam genom lilla Åseda var i vanliga fall en mindre bagatell, men med de hemska händelser som drabbat staden var de flesta på sin vakt. För säkerhetens skull hade hon ringt till sina föräldrar och bett dem att möte upp henne. Hon skulle ta svängen förbi kyrkogården och vidare bort mot Restaurang Bistro. Hon hoppades dock att hennes far skulle hinna möta henne innan dess.

Med bestämda steg trotsade hon vindens kalla krafter och begav sig nerför Norra Vägen och vidare med siktet inställt på kyrkan. Hon skymtade ett polisfordon längre ner i korsningen hon passerade. Då var det kanske inte så farligt ändå, tänkte hon. Med den extra bevakningen i staden vågade sig väl ingen på något?

För vart steg kände hon sig mer säker på att inget kunde inträffa och nu var kyrkan inom räckhåll. Hennes far borde snart skymtas längre ner på gatan - de hade ungefär lika långt att gå båda två. Om nu inget sinkade honom.

Snön knastrade under hennes kängor medan hon passerade kyrkogårdens mur och ekade ut i natten som det enda beviset på mänskligt liv. Hennes andedräkt bildade ett vitt moln i nattkylan medan hon såg gestalten av en annan människa vid kyrkogårdens slut. Stående i skenet från gatulampan - men ändå så pass i dess skugga att Sofia inte lyckades avgöra vem personen var - gestalten uppenbarade sig som aningen mer kortväxt än hennes far. Men de hade kommit överrens om att mötas vid kyrkan - så om inte hennes far, vem skulle det annars vara?

Hon rundade det sista hörnet av muren och gick mot skepnaden som iklädd svart klädsel stod med ryggen mot henne. Knastrade steg, närmare - hon kom upp intill, lade en hand på dess rygg och rundade personen.

"Oj förlåt" brast hon ur sig. "Jag trodde du var någon annan."

"Ingen fara."

Sofia vände sig om och gick med oroliga steg bort från personen, vände sig om för att försäkra sig om att personen inte följde efter och ökade sedan takten. Vände sig om igen men nu var personen borta. Hon stannade någon sekund, såg sig omkring och vände sig sedan om.

Slaget träffade henne från höger - rätt över vänster käke. Hon vacklade och kände den brännande hettan i kinder. Ljuset från gatulampan skimrade medan synen sakta mörknade. Hon tog stöd mot muren, vacklade på nytt och satt sedan i den kalla snön. Ett försiktigt stön - ett försök till ett rop på hjälp men inga ord lämnade hennes hesa stämma. Personen log sitt breda leende medan Sofia sakta slöt sina ögon och försvann in i medvetslöshet.

KOMMISARRIE JENNY Valentin vaknade med ett ryck då mobiltelefonens signal ljöd genom det mörka rummet. Hon tog sig smidigt ur Jack Molins fasta midjegrepp och steg försiktigt ur sängen. Naken tassade hon fram till handväskan på fåtöljen och fiskade upp den blinkande mobiltelefonen.

"Valentin."

I andra änden uppdaterade Inspektör Nico Wester henne om att ett nytt mordförsök skett för bara timmen sedan - ett nytt offer, fyra nya siffror. Jenny drog undan gardinen och såg polisbilarnas blå sken färga natthimlen på avstånd. De avslutade samtalet och Jenny började febrilt fumla efter sina kläder i mörkret. Hon kände straffet för att ha druckit så mycket - en dov smärta som om någon hamrade henne över tiningen.

Jag visste det, tänkte hon. Så fort man roar sig minsta lilla så ska någon högre makt straffa än för dess synder. Varför just denna natt?

"Vad gör du?" frågade Jack med nyvaken stämma och sträckte sig efter nattlampan.

Framför sängen fann han den nakna och handfallna skönheten fumla med trosorna.

"Nico ringde - det har skett ett nytt mord."

"Ett nytt?" Jack gnuggade ögonen.

"Eller ja - ett försök till mord."

Han kastade av sig täcket och klev ur sängen medan Jenny knäppte på sig BHn, satte sig på sängkanten och trädde på sig de trånga jeansen. Jack drog på sig ett par rena kalsonger ur väskan och sträckte sig efter en t-shirt.

"Vad gör du?" frågade Jenny, reste sig och fattade tag i blusen.

"Jag följer med dig."

Jenny såg fundersamt på honom. Hon undrade om det verkligen var en så bra idé men han såg så bestämd ut. Dessutom ville hon egentligen inte lämna honom. Och han hade tillfört så mycket till utredningen redan - kanske kunde han vara till nytta där ute? Med sina teorier och allt.

"Okej" sa hon och fortsatte klä sig. "Men skynda dig."

~ TJUGOÅTTA ~

JACK MOLIN hade haft rätt. Var det fel mördare de gripit skulle nya offer skördas. Denna person skulle inte vara klar förrän dess att de tio budorden uppnåtts. Mördarens mästerverk - med ett självmord som trolig utgång.

"Vad var de nya siffrorna?" frågade Jack från baksätet.

"22015" svarade Inspektör Nico Wester från förarsätet.

"Du skall icke stjäla" fortsatte Jack till Kommissarie Jenny Valentins beundran.

"Kan du bibeln utantill?"

Jack log i baksätet. "Nej - men jag har memorerat delen med budorden."

De färdades i hög hastighet längst riksväg 23 med destination Växjö. Frustrerade över att än en gång ha arresterat fel personer - i en utredning som bara blev mer och mer ansträngd för var dag och offer som passerade.

"Så offret befinner sig i koma?" frågade Jenny.

Nico blickade i backspegeln och var inte allt för bekväm med Jacks närvaro i mordutredningen men Jenny hade försäkrat honom om att hon tog ansvaret. "Ja."

Jack lyssnade intresserat till konversationen.

"Gärningsmannen överrumplade offret strax efter midnatt. Enligt offrets fader skulle han möta sin dotter efter en fest då hon inte ville gå hela vägen själv" redogjorde Nico. "När han såg gärningsmannen och dottern kom han springande och skrämde iväg personen."

"Det var det som räddade henne?"

Nico nickade. "Gärningsmannen måste ha trott att hon redan var död eller så väntade han på den stora finalen medan han ristade in budskapet i hennes arm."

"Eller hon" påminde Jenny. "Det har hittills tytt på en kvinna."

"Inte längre" svarade Nico. "Enligt fader så begicks överfallet av Ralph Milton."

"Ralph Milton?" sa Jenny häpet. "Pastor Ralph Milton?"

"Japp - fadern kände igen gärningsmannens jacka och framförallt dess längd. Pastor Milton är kortväxt och dessutom fann man en prästkrage och en kniv på platsen."

Det var som fan, tänkte Jack. Vilken vändning i en redan förbluffande serie mord. En Pastor klädd i prästkrage - ute på Guds order att tillrättavisa de syndiga. Han såg sin framtida krönika - ensamrätten på den sanna historien. Den skulle slå ner som en bomb i det svenska folkhemmet - ifrågasätta och tvivla på kristendomen och dess skeva tro som fanns inom vissa av församlingarna. Den största nyheten om religionsrelaterat våld sedan Pastor Fossmo lekte Gud med Kristi Brud i Knutby. Budbäraren, tänkte han. Det ska vara dess rubrik.

"Vi grep honom strax efter överfallet och faderns signalement." fortsatte Nico. "Han satt i sitt hem, fullt påklädd och åt en smörgås. Kniven är den som användes för att rista in siffrorna och den är just nu på tekniska."

"Så han är i vårt förvar nu?"

Nico nickade. "Han har visserligen storlek fyrtio i skor men va fan - Jan kan ju haft fel eller så har Ralph olika kängor att välja bland."

Jenny vände blicken och såg på medan den mörka skogen svischade förbi dem. En oro spred sig i hennes kropp - de hade gripit fel personer tidigare. Kunde de ha rätt denna gång? Hennes enda ljus att luta sig mot var att de denna gång hade ett vittne. Och en överlevare.

KOMMISSARIE JENNY Valentin kände sig osmaklig och besvärad av att inte ha duschat efter den intensiva sexakten med Jack Molin. Duschen med den parfym hon hade stående på sitt kontor dolde till viss del odören av skammen. Inte för att det var någon skam över det men det var så längesedan hon ägnat sig åt aktiviteten att hon nästan kunde känna auran runt sig - folk skulle se. De skulle ana, gissa, veta. De var detektiver, mordutredare, sanningssökare. Hon var lycklig, upphöjd till skyn - men för tillfället ville hon hålla det bortom radarn.

"Så Ralph" sa hon och öppnade sitt anteckningsblock. "Varför mördar du dessa människor?"

211

Pastor Ralph Milton spände ögonen i henne. Den flintiga hjässan sken från den svaga belysningen i förhörsrummet. Han satt rakryggad likt en militär - dominant med armarna i kors och en sammanbiten min.

"Jag har inte mördat någon" svarade han skarpt. "Att ni ens har mage att kasta ur er något sådant."

Inspektör Nico Wester log avslappnat. "Vi har ett vittne som påstår motsatsen."

Ralph fnös och skakade på huvudet.

"Ljuger vårat vittne?" frågade Jenny. "Är det så vi ska tolka ditt fnysande?"

"Jag har inte mördat någon, säger jag" försvarade sig Ralph, nu med mer ilska bakom orden. "Jag vet inte vem som påstår det - men jag kan försäkra er om att jag inte ens befann mig ute när detta skedde."

Jenny lutade sig tillbaka i stolen. "Så vårat vittne - som säger sig ha sett dig skynda ifrån platsen där en ensam kvinna överfölls inatt - ljuger alltså? Varför skulle just du pekas ut då menar du?"

"Jag vet inte varför någon påstår det men jag är i alla fall oskyldig till dessa anklagelser."

"Så kniven som återfanns på platsen kommer inte att inneha spår av ditt DNA?" frågade Nico.

Ralph såg på dem och skakade på huvudet. "Vilken jävla kniv?" Han höjde ögonbrynen och såg besvärat framför sig. "Jag har inte den blekaste aning om vad ni pratar om?"

"Lyssna nu, Ralph" sa Jenny som tröttnat på hans bortförklaringar. "Vi har ett vittne som såg er på platsen och snart har vi säkrat DNA på bevisningen. Så gör oss alla en tjänst nu och börja snacka."

Ralph lutade sig tillbaka och korsade på nytt sina armar över bröstet. "Jag säger inte ett ord till utan min advokat närvarande."

KOMMISSARIE JENNY Valentin suckade medan hon slängde anteckningsblocket framför sig på skrivbordet. Jack Molin satt tyst i besökstolen och visste inte riktigt hur han skulle handskas med det humör som Jenny nu visade upp. Tjurigt satt hon och suckade i sin kontorsstol.

"Ralph snackar inte" sa hon. "Det var väntat och nu måste vi avvakta svaren från tekniska."

Jack nickade.

"Om det är fel gärningsman igen - då blir jag galen."

"Ni har ett vittne denna gång" svarade Jack. "Dessutom kanske kniven innehar DNA."

Visserligen, tänkte Jenny.

"Och..." sa Jack och log. "Och när flickan vaknar så kan det vara så att även hon kan peka ut Ralph."

Jenny nickade.

"Hur är det med henne egentligen?"

Jenny rykte på axlarna. "Enligt läkarna kommer hon med stor sannolikhet återhämta sig helt. Hon ligger fortfarande nersövd men förhoppningen är att inget i hjärnan är skadat. Nico är där nu i fall hon skulle kvickna till."

"Ja, tills dess kan vi alltså bara vänta?"

Jenny nickade. Hon slöt kort sina ögon och kände hur huvudvärken fortsatt hade henne i ett stadigt grepp. Hon behövde duscha, behövde återhämta sig och känna sig som människa igen. Hon öppnade ögonen och såg på

Jack. Den underbara mannen som log mot henne. Oavsett hur mycket hon skulle duscha - hur mycket hon än skulle återhämta sig så skulle hon inte vara samma människa som hon var för ett dygn sedan.

Hon var kär. Galet kär.

"Hur lång tid tar det innan provsvaren på kniven kommer?"

Hon ryckte på axlarna. "Det kan ta allt från några timmar till några dagar."

"Dagar?"

"Ja" sa hon och nickade. "Men jag hoppas de ska vara klara redan ikväll eller tidigt imorgon."

Så är det aldrig i tv-serierna, tänkte Jack. Där har de minsann samtliga bevis redo innan första förhöret.

"Kom med mig" sa hon och reste sig upp.

"Vart ska vi?"

Hon log medan hon tog på sig en gammal jacka som hängde på hängaren. "Vi ska hem till mig och duscha."

Jack log och reste sig.

"Men först ska vi se till att få min nya fina men just nu blodindränkta jacka på kemtvätt."

~ TJUGONIO ~

JACK MOLIN satt i Kommissarie Jenny Valentins soffa medan denne talade i telefon med Inspektör Nico Wester ute i köket. Bredvid sig hade han en påse med nyinköpta kläder. Jenny hade valt ut det mesta. Han skakade på huvudet och log för sig själv. En ljusblå skjorta, jeans som varken var trasiga eller fransiga. Modernt ändå, hade Jenny sagt med sin söta lilla stämma.

Var det så det skulle vara nu? En natt av sex och hon hade den fulla rätten att ändra hans utseende? Hans klädstil?

Om hon bara inte varit så otroligt vacker, tänkte han och lutade sig tillbaka. Och när blev jag en sådan toffel?

Han kände sig trött. De kan inte ha fått sig så mycket sömn den föregående natten. Och vilken het natt det varit. Så mycket hetare än han kunnat fantisera om.

Mitt i tankarna om Jennys nakna kropp, de passionerade kyssarna och det heta sexet dök hans far plötsligt upp. Ett knytnävsslag av ångest knockade honom. Han behövde ringa till sjukhuset och förhöra sig om hur det stod till med den gamle mannen.

Han fiskade upp mobiltelefonen och knappade in direktnumret till avdelningen. Signalen ljöd i örat innan en sjuksköterska presenterade sig och frågade om hans ärende.

"Mitt namn är Jack Molin och jag ringer angående min far Torben Molin."

I andra änden berättade gladeligen sjuksköterskan om hans fars senaste förbättringar. Hur han de två senaste dagarna återhämtat sig mirakulöst och kunde både äta själv och till viss del tala. Den vänstra sidan var fortsatt släpande och armen var fortsatt oanvändbar. Men framsteg gjorde allt Torben Molin.

Seg gubbe, tänkte Jack men var ändå glad över att höra de positiva nyheterna.

"Tyvärr inte" svarade han på frågan om han inom kort kunde väntas besöka Torben. "Jag är dessvärre utsocknes i arbete."

Samtalet avslutades samtidigt som Jenny kom in i rummet och slog sig ner i soffan. Hon strök luggen ur ansiktet och log mot honom.

"Var det om din far?"

Jack nickade och lade mobiltelefonen framför sig på soffbordet.

"Hur är det med honom?"

"Ja du?" sa han och lutade sig tillbaka medan han gnuggade ögonen. "Han gör framsteg enligt sjuksköterskan jag talade med." Han rykte på axlarna. "Men han har mycket arbete framför sig om han någonsin ska bli fullt återställd."

"Tråkigt" svarade hon. "Men att han gör framsteg är väl positivt?"

"Visst är det." Han suckade. "Men det är allt runt omkring." Han såg på henne. "Han har en gigantisk herrgård som hans advokat tjatar om. Själv tycker jag att den bara ska säljas så är det ett problem mindre. Och sen är det hans företag som han har envisas med att fortsätta driva trots det faktum att han varit pensionär sedan länge och en massa med hans ingifta fru och hennes dotter."

"Vad är det för företag?"

"Byggfirma - min far började som snickarlärling för en herrans massa år sedan. Han avancerade och startade en enskild firma efter den ekonomiska depressionen på nittiotalet. När det sedan kom igång på allvar så växte det till det största byggbolaget i regionen."

"Imponerande" log hon. "Du måste ha en driftig far du?"

Jack ryckte på axlarna. "Jag vet inte - detta var under en tid då vi inte hade någon kontakt."

Jenny lade sin hand ovanpå hans och flyttade sig närmare. Smekte lätt hans nackhår med den andra handen medan hon med tindrande ögon såg på honom.

"Berätta om din mor."

Jack satt tyst en stund medan han funderade. Vad fanns där att berätta? Hur mycket mindes han egentligen?

"Jag minns henne röst" började han. "Hon sjöng för mig varje kväll vid läggdags." Han log. "Hon hade en ängels röst - som att vaggas in i den mest fantastiska dröm."

217

Jenny log. Hon mindes sin egen mors vackra stämma. Där hon stått i kyrkan under söndagarnas mässor som körens solist - med en så underbar stämma att den fyllde kapellets akustik och dess tomrum.

"Jag var fjorton år när hon en kväll sa att hon inte skulle sjunga för mig" fortsatte Jack. "Hon hade något allvarligt att berätta." Han såg med ens med mer sorgsna ögon på Jenny. "Hon hade fått cancer - bröstcancer. En elakartad sådan."

Jenny strök honom allt hårdare längst med nacken.

"Jag ville förstås inte tro på det hon sa - att hon inte skulle överleva var för mig helt oacceptabelt. Det tog bara ett halvår så var hon borta."

Jenny såg sorgset på honom men var ändå tvungen att ställa frågan. "Sjöng din mamma för dig när du var fjorton år?" Hon log när hon såg hans min och de båda föll sedan in i skratt.

"Ja" lyckades han få fram medan han kippade efter andan. "Hon sjöng för mig vissa kvällar när jag var fjorton - det var vår gemensamma grej."

"Okej" sa hon. "Jag är inte den som dömer."

"Jag älskade verkligen hennes sång - hennes röst. Jag minns precis hur den lät då den fyllde mitt sovrum. Jag minns precis hur hon doftade när hon kysste mig på kinden innan hon sa godnatt."

"Jag förstår hur du menar" log hon. "Beklagar att du inte fick längre tid med henne."

Han ryckte på axlarna och stirrade framför sig. "Det är som det är." Han satt tyst några sekunder. "Min far förändrades efter hennes bortgång. Han höll sig för sig själv - satt alltid i köket efter arbetet, ibland långt in på småtimmarna och drack." Han skakade på huvudet. "Jag kunde komma in i köket efter att ha gjort läxorna för att äta kvällsmålet och där satt han. Vi sa inte ett ord till varandra - jag åt min skål med gröt och han drack sin whiskey. Sen gick jag och lade mig. På morgonen var han i väg till arbetet - jag gick till skolan och kom hem och sedan började allt om."

Låter som ett ganska tragiskt förhållande, tänkte Jenny och knöt sin hand hårdare om hans.

"Så höll det på tills jag var arton och flyttade hemifrån. Under flera år satt vi vid det där köksbordet - jag med mina läxor och gröt och han med sin whiskeyflaska - utan att ha en enda lång konversation."

"Det verkar ohälsosamt."

"Ja" sa han och nickade. "Det var mamma som höll ihop familjen under de år hon levde. När hon försvann hade min far och jag inte längre någonting gemensamt. Det var som om vi aldrig lärt känna varandra och satt där som två främlingar."

Han gnuggade ögonen och gäspade.

"Vad sägs som en lång skön dusch?" frågade hon.

"Kommer du att vara där?"

Hon log och reste sig. "Det kommer jag definitivt." Hon böjde sig fram och kysste honom. "Ge mig fem minuter bara" sa hon leende, försvann ut i hallen och vidare in i badrummet.

Han hörde hur hon vred på vattenkranen och började stöka runt i badrummet. Han lutade sig tillbaka i soffan och slöt sina ögon. Hans mor skulle ha varit stolt över honom. Han hade ju trots allt bidragit till att ha fått en seriemördare bakom lås och bom. Eller åtminstone fått fast denne - han skulle ju dömas också men med DNA från kniven så skulle det nog lösa sig.

"Kommer du" ropade Jenny ifrån hallen.

~ TRETTIO ~

KOMMISSARIE JENNY Valentins nakna hud nuddade vid Jack Molins när han klev in i de varma duschstrålarna. Hon lade armarna runt hans midja och tryckte brösten mot hans skulderblad. Lekte med fingrarna över hans håriga bröst medan vattnet forsade nerför deras kroppar. Han vände sig om, drog henne till sig i en omfamnade kyss som med en elektrisk laddning fick hennes ben att vackla under henne.

Nattens sexakt hade väckt hennes sedan länge undangömda och glömda sexlusta. Nu kunde hon inte få nog av hans närhet, hans nakenhet och hans omfamnade lekfullhet. Hon kände honom, hon kände hans upphetsning - hur den pulserade mot henne, trånade efter henne, sökte sig efter henne.

Hon tryckte sig närmare honom, omfamnade honom i ett hårdare grepp. Sökte med sin tunga efter hans och lät dem slingra sig om varandra medan käkmusklerna slappande av och läpparna särade sig än mer.

Han svängde runt henne, tryckte upp henne mot det vita kaklet, lät händerna glida nerför hennes midja, ner över låren och greppade sedan stadigt tag om hennes bakdel. I ett ryck lyfte han upp henne medan hon särade på benen och slog dem sedan runt honom. Han tog spjärn mot golvet, ställde sig i en stadig position och höll henne upptryckt mot duschväggen medan han sakta letade sig in i henne. Vattnet porlade ner över dem och ljudet dränkte hennes stönande.

Hon lade armarna runt hans nacke och kände det blöta håret i sina händer. Hon följde med i hans dans, lät honom föra medan takten blev än mer intensiv. Hon fick påminna sig själv om att andas och samtidigt undvika att dra ner alltför många kallsupar av duschstrålarna. Varje muskel hos honom var spänd. Varje andetag kändes i bröstet.

Hur hade han lärt sig att älska så? Hur kunde han gång på gång få henne att nå paradiset? Skulle hon nå det en gång till innan han nådde sitt klimax?

Hon kände hur hans andning blev starkare. Hur han ansträngde sig för att stå emot. Det handlade om sekunder nu - sekunder för dem båda. Hon drog hårdare i hans hår, såg in i hans glödande ögon och kysste hans läppar i samma sekund som de båda försvann in i en skakade jordbävning där tiden för en stund stod fullkomligt still.

Tack gode gud, viskade hon för sig själv medan skälvandet sakta upphörde och allt som återstod var ljudet av det porlande vattnet, den nakna närheten och det breda leendet på hennes läppar.

KOMMISSARIE JENNY Valentin lade huvudet på Jack Molins bröst. Hon lyssnade till hans hjärtslag och de små snusningarna medan han sov tätt intill henne i sängen. Många tankar passerade för hennes inre och än hade hon inte den ro i kroppen som krävdes för att falla i sömn.

Pastor Ralph Milton satt bakom lås och bom nere på stationens häkte. Och visst hade de väl gripit rätt gärningsman denna gång? Utpekad av Sophia Bengtzons far och dessutom var det bara en tidsfråga innan bevisen skulle börja falla på plats. Hon hoppades innerligt på att kniven som återfanns vid platsen skulle ha gärningsmannens DNA på sig. Den första kniven - den som de fann utanför Erik Karlssons bostad - hade bara offrets DNA.

Detta fall kan inte ha fler vändningar nu, tänkte hon medan hon stirrade framför sig i mörkret. Det var redan så invecklat, tilltrasslat och svårlöst som det var. Även om hon aldrig på förhand kunnat spå Pastorn Ralph Milton som den slutlige mördaren. Han var inte stereotypen men samtidigt slutade hon aldrig förvånas över vad människor var kapabla till.

Hennes egen far - hon hade aldrig kunnat föreställa sig att den godhjärtade och folkkäre Pastorn skulle vara en sexualförbrytande våldsman. Och då levde hon ändå med den mannen - sida vid sida, dag som natt.

Mycket talade dock emot att Pastor Ralph Milton var gärningsmannen. Skostorleken som de funnit runt den livlöse Michaelas kropp i parken var av en storlek mindre än vad Ralph hade. Också det faktum att vittnet som såg kniven kastas utanför Erik Karlssons bostad menade på att det var en kvinna som kastade den. Men nej - nu hade hon gripit rätt person. Hon såg fram emot att få stänga fallet. Få den skyldige dömd och ge de sörjande frid. Och sedan spendera tiden med den underbara människan, Jack Molin.

Till ljudet av hans hjärtslag föll hon tillslut i sömn.

I EN ensam sal på sjukhuset låg Sophia Bengtzon fortsatt i sin koma. Vid hennes sida vilade hennes far. Knappt en blund hade han ägnat sig sedan det hemska överfallet för snart ett dygn sedan. Han längtade så efter att få höra hennes röst igen - se in i hennes ögon och berätta hur mycket han älskade henne. Hans dotter. Hans fina dotter - som verkligen inte förtjänade vad som hänt henne.

Den lilla hjärtmonitorn pep och väsnades men han hörde den inte längre - brydde sig inte. Så länge den lät var allt som det skulle vara. Så nära hade det varit att Sophia inte varit kvar hos dem - hos de levande. Om han inte avbrutit gärningsmannen så. Han skakade på huvudet och sjönk djupare ner i stolen. Han ville inte tänka på det.

Utanför föll åter snön. Han lät sig hypnotiseras av de vita dansande flingorna medan han föll in i en halvvaken sömn med mardrömmar och ilska.

I POLISSTATIONENS häkte såg Pastor Ralph Milton på samma fallande flingor genom det lilla gallerbeklädda fönstret. Med smala ögon och stelt ansikte satt han på den lilla britsen i det mörka rummet.

Han knöt sina händer, slöt sina ögon och mumlade. En Guds man - var det så här det skulle sluta för honom. Skulle hans fingeravtryck finnas på den där kniven och i sådana fall användas för att ge honom en fällande dom. Kommissarie Valentin och Inspektör Wester verkade i alla fall säkra på sin sak - men hade de verkligen bevisningen?

Pastorn Ralph Milton var inte så säker på det. Och han skulle fortsätta hävda sin oskuld i detta. Han skulle kämpa - och om så Gud ville, så skulle han segra.

"Man anses oskyldig tills dess att motsatsen bevisats" mumlade han för sig själv. "Det är min fulla rätt."

Knäna knakade medan han föll till golvet. De sammanslingrade händerna höll han framför sig. Höjde dem mot sitt bröst och sänkte huvudet.

Han bad.

"Fader vår, som är i himmelen,
helgat vare ditt namn.
Tillkomme ditt rike.
Ske din vilja, så som i himmelen
så ock på jorden.
Vårt dagliga bröd giv oss idag,
och förlåt oss våra skulder,
såsom ock vi förlåta dem oss skyldiga äro,
och inled oss icke i frestelse,
utan fräls oss ifrån ondo.
Ty riket är ditt och makten och härligheten,
i evighet.
Amen."

DEL 4

Av jord är du kommen
Jord skall du åter bli

~ TRETTIOETT ~

KOMMISSARIE JENNY Valentin öppnade sina ögon och mötte morgonljusets första strålar skina in genom fönstret. I det dunkla rummet kunde hon höra Jack Molins lätta andetag. Hon skulle låta honom sova ut. Själv behövde hon ge sig iväg till stationen för att arbeta.

Försiktigt klev hon ur sängen och satte fötterna mot det kalla golvet. Nog hade hon gärna legat kvar där under täcket. Låtit sig insvepas i Jacks varma famn och kanske till och med lura in honom i en sexuell morgonritual. Hon log medan hon såg siluetten av honom där under täcket.

Hon svepte den rosa morgonrocken runt sig och tassade vidare ut i hallen. Medan kaffet puttrade i bryggaren på köksbänken stod hon framför badrumsspegeln och kammade det blonda håret. Var hon verkligen så vacker som han viskat i hennes öra innan han föll i sömn? Hon såg sig själv djupt in i de blå ögonen och studerade noga den glöd som doldes där. Var det kärlek? Var det så här det kändes?

229

Hela sitt liv hade hon hängivit åt karriären. De män hon träffat hade aldrig lyckats locka fram samma känslor som denne Jack Molin. Helt slumpartat hade han dykt upp och kastat in henne i en frestelse hon aldrig trott sig kunna få ta del av - än mindre ge vika för.

Hon bestämde sig för att sätta upp håret i en tofs och fortsatte sedan med läppstiftet och mascaran. Sakta trädde en sminkad skönhet fram i spegelbilden. Hon hängde av sig den rosa morgonrocken och tassade naken igenom hallen, in till sovrummet där Jack fortsatt låg och snarkade och plockade fram rena underkläder ur byrålådan. Med BH och trosor på började hon välja ut dagens klädsel. En svart blus, svarta jeans och en röd kavaj fick det bli. Hon speglade sig i helkroppsspegeln medan hon passerade förbi och vidare in i köket för en uppfriskande kopp kaffe.

Ett meddelande från hennes syster där hon frågade om planeringen för julafton. Hur skulle hon göra? Hon hade inte ägnat julafton en enda tanke sedan deras gemensamma middag för snart en vecka sedan. Det enda hon nu visste var att hon ville spendera den med Jack. Frågan är om det var tidigt? För tidigt att visa upp honom för familjen? Ville ens Jack det? Ville han samma sak som hon nu verkade vilja? Hade han fallit för samma frestelse? Hon fick helt enkelt ta reda på det - hon skrev tillbaka till Malin och bad om att få återkomma efter det att fallet i Åseda var löst.

Jack kom ut i köket. Nyvaken i kalsonger stod han i valvet och såg på henne.

"God morgon" log hon. "Jag tänkte att du skulle få sova ut."

"Det var snällt" svarade han och gäspade. "Men doften av kaffe var svår att undvika." Han gick fram till köksbänken och öppnade ett av skåpen.

"Nej - andra skåpet" sa hon och pekade.

Han log, öppnade skåpet och plockade ut en kopp, fyllde den med den väldoftande svarta härligheten och slog sig ner mittemot henne. "Sovit gott?" Han tog en klunk ur koppen.

Hon nickade. "Som en vaggad unge. Och du?"

"Det har jag absolut gjort."

"Jag hörde det."

"Vad menar du?"

Han såg med undrande blick på henne.

"Du snarkar."

Han skakade på huvudet. "Nej? Är det sant?"

Hon skrattade och drack ur det sista ur koppen och reste sig för en påtår.

"Du skojar?"

Hon skakade på huvudet, vände sig mot honom och log. "Men det är lugnt. Du var ganska söt."

Söt, tänkte han. Vad är sött med en fullvuxen karl som låter ett godståg farandes genom nattmörkret?

"Och så dreglar du förstås" retades hon. "Det var mindre attraktivt."

"I helvete heller" fnös han. "Nu retas du bara."

Klart att hon gjorde. Lite snarkningar hade han allt fått ur sig på morgonkvisten men något dregel var där aldrig någon talan om. Och han var faktiskt söt när han sov.

"Du är igång tidigt" sa han.

Hon såg på klockan. Redan kvart i nio. Nej - hon var absolut inte igång tidigt. Detta var rena sovmorgonen för en mordutredare.

231

"Jag ska in till stationen." Hon tog några snabba klunkar ur den heta koppen. "Förhoppningsvis har DNA-svaren kommit och jag behöver förhöra Ralph en gång till innan jag träffar åklagaren."

Jack nickade trött.

"Klarar du av att hänga här tills jag är tillbaka?"

"Visst." Han log. "Jag kan skriva lite."

Hon nickade instämmande och ställde koppen i diskhon.

"Har du möjligen ett block och en penna?"

Visst hade hon det. Hon nickade, drog ut en av lådorna i diskbänken och plockade fram ett anteckningsblock och en bläckpenna. "Blir detta bra?"

"Hur bra som helst" sa han och tog emot sakerna. "Tack."

"Då ses vi om några timmar då?"

Han nickade, reste sig och lät sig trolskt förföras in i hennes varma avskedskyss.

"Var försiktig."

"Alltid" log hon, försvann ut i hallen, klev i kängorna, tog den kemtvättade röda rocken och gick ut i trapphuset.

Den tidiga lågtstående solen vittnade om en dag av strålande väder. Snön knastrade under hennes steg och den kalla vinden smekte hennes kinder medan hon vandrade bort mot Volvon. Den mindre snöfallet under natten var ingen större konst att få bort från bilen men likt tidigare mornar fick hon återigen skrapa de isiga rutorna. Medan motorn brummade och bilens AC arbetade på högvarv för att bekämpa den ihärdiga imman.

Hon var på ett strålande humör. Hon hade Jack vid sin sida - en man som hon äntligen kände att hon kunde bygga vidare med. Och dessutom kände hon på sig att hon skulle kunna knyta ihop säcken runt 'Siffermorden' idag - om bara resultaten av kniven inkommit.

Vägen var nyplogad och måndagstrafiken flöt i ett någorlunda behagligt tempo - vid denna tid trafikerades hennes väg endast av några varutransporter, taxibilar och brevbärare. Tio minuter senare parkerade hon utanför stationen, klev ur bilen och vandrade varsamt bort mot entrén.

I tio dygn hade en gärningsman fått härja fritt i det lilla samhället och hållit ett fruktat grepp om lokalbefolkningen men nu var hon övertygad om att de gripit rätt person. Hans ovilja att låta sig förhöras utan en advokat vittne om att han ville vara söker på att inte försäga sig. Visserligen hade Jenny sett denna typ av maktutövande tidigare - folk som ville utnyttja sina rättigheter bara för att de visste att de hade dem och på så sätt försöka få ett övertag i situationen. Det gällde för Jenny att knäcka Ralph - även med dennes advokat vid sin sida.

Hon klev in i fikarummet, slog i en kopp kaffe och passerade hälsande på personalen genom kontorslandskapet innan hon kom till korridoren och in på sitt kontor. Hon ställde ner kaffekoppen på skrivbordsskivan och hängde av sig rocken på hängaren. Tillbaka vid skrivbordet lyfte hon telefonen och slog numret till växeln.

"Det här är Valentin - kan ni koppla mig till tekniska?"

233

Signalen ljöd och i andra änden svarade Kriminaltekniker Jan Evert. Efter några muttrande hälsningsfraser bad han att få återkomma med ett slutligt besked angående DNA från kniven senare under dagen.

Besviket lade Jenny på telefonluren då hon hoppats att Jan haft något mer konkret att förmedla.

Hon ringde istället upp Gunilla Ström och bad om ett möte senare under eftermiddagen. Hon visste att hon skulle behöva något mer konkret att lägga fram under häktningsförhandlingen. Men Gunilla hälsade att hon hade en lucka mellan klockan tre och fyra.

"Tack" sa Jenny och hoppades på att ha fått svaret från Jan Evert innan dess.

Just som de avslutade samtalet knackade Inspektör Nico Wester på dörrkarmen.

"God morgon" sa han, klev in på rummet och slog sig ned i besöksstolen utan att för den delen ta vidare hänsyn till huruvida hon var upptagen eller inte. Klädd i jeans och mörkblå skjorta lade han armarna vilandes bakom huvudet och lutade sig bakåt. "Resultatet från tekniska dröjer."

Hon nickade. "Jag vet." Hon sörplade på kaffet. "Hur har det gått för er?"

Han ryckte på axlarna. "Ralph Milton är inte tidigare dömd och förekommer inte i några tidigare utredningar. Enligt vänner och församlingen så är han en hyvens kille - alltid hjälpsam och lojal."

Hon nickade.

"Inte direkt stereotypen för en mördare men vi har ju stött på psykfall tidigare - gärningsmän med dubbelliv är inte allför ovanligt." Han såg sig uttråkat om i rummet. "Allt vi har är ett svagt signalement och en prästkrage."

"Ja" svarade hon. "Vi får lägga vårt hopp till kniven."

~ TRETTIOTVÅ ~

JACK MOLIN kände sig till viss del äcklad av att ha behövt trä på sig samma kalsonger som han använt dagen innan då han inte packat med sig några kläder. Att sova hos Kommissarie Jenny Valentin var inte på något sätt planerat och efter morgonduschen fanns endast gårdagens kläder till hands. Visst, kläderna som hon valt ut åt honom under den korta shoppingrundan låg kvar i påsen men några kalsonger hade han inte haft en tanke på att införskaffa sig.

Han var inte hungrig utan fyllde istället på sin kopp med det sista ur kaffekannan och tog med sig anteckningsblocket in till vardagsrummet. I soffan slog han igång tv:n och lät TV4s Nyhetsmorgon stå på medan han påbörjade ett utkast för sin nya krönika.

BUDBÄRAREN

Med stora bokstäver skrev han ner dess rubrik - sedan stirrade han på det blanka papperet. Var skulle han börja? Hur skulle han framställa sig själv i det hela?

237

Tidigare hade han endast skrivit utifrån sina teorier om gängkriminalitet i främst Malmö och Göteborg. Om motståndare av mångkulturen som om nätterna lekte hjältar genom att bränna flyktingförläggningar och frustrerade ungdomar som brände bilar i invandrartäta förorter. Det var det som var toppnyheter vecka efter vecka och som betalade hans mat och husrum.

Men detta - detta var något helt annorlunda.

Han skakade på huvudet, kastade blocket på bordet och reste sig upp. I bokhyllan inspekterade han Jennys böcker och log då hon hade hela samlingen av Harry Potter. Även Tolkiens Ringsaga fanns prydligt uppställda på samma hylla. I övrigt var där mest uppslagsverk och utbildningsmaterial. Han antog att en så upptagen Kommissarie inte hade mycket tid över för mysiga hemmakvällar med böcker och vin.

På en av hyllorna stod fotografier på vad han gissade måste vara hennes familj. Syster med man och så systerdottern såklart. Ett fotografi på modern och föga förvånande fanns där inget på fadern - med all rätt, tänkte han. Själv hade han inte en enda bild på familjen - men kanske fanns där ett gammalt fotografi av hans mor i någon låda någonstans.

Hans mobiltelefon vibrerade i fickan. Ett nytt meddelande från advokat Lars Forsberg angående hans fars herrgård. Den var nu värderad och ett försäljningspris var rekommenderat. Summan var för honom absurd. Hur kunde någonting utanför Trosa kosta den enorma summan? Priserna på bostadsmarknaden hade visserligen trissats upp de senaste åren men summan var ändå hisnande.

Han slog sig ner i soffan på nytt och stirrade på mobiltelefonens skärm. En dag skulle han ärva sin far - med visst undantag att han skulle behöva dela med sin halvsyster. Inte rättvist, tänkte han. Hon hade inte ställt upp en sekund sedan Torben insjuknat. Han fingrade på telefonen och svarade kort men bestämt.

Sälj!

Sedan återgick han till krönikan om Budbäraren och vad han ännu trodde var sanningen bakom de hemska morden.

INSPEKTÖR NICO Wester vandrade runt på brottsplatsen vid kyrkan i Åseda. Solen värmde och den kristallklara snön glittrade i dess strålar. Avspärrningarna var ännu inte hävda och på platsen säkrade några fåtal tekniker nya spår och bevisning.

Han hade känt sig rastlös och kunde inte bara sitta och vänta på DNA-resultatet nere på stationen. En kort resa till brottsplatsen för att förstärka teorierna kring överfallet var utmärkt under en sådan strålande dag. Klockan närmade sig lunch medan han stod där med en kopp rykande köpekaffe. Staden var lugn och inga nyfikna oberoende rörde sig i området. Kanske var de fortsatt i skräck, tänkte han. Kanske var allmänheten inte säker på att polisen gripit den rätta gärningsmannen?

Någonstans hördes dock ett brummande ljud. Någon form av arbete utfördes på andra sidan kyrkan. Han vandrade närmare kyrkan, passerade de stora svarta portarna och vidare runt hörnet.

En mindre grävare stod på tomgång i en av de steniga gångarna och någon meter därifrån arbetade två personer med att schakta en blandning av jord, sten och grus. Nico vandrade bort till männen som med svett i pannorna hälsade på honom.

"Nico - Kriminalinspektör."

Den ena mannen - något äldre än den andra - log medan han drog svetten ur pannan. Den andre fortsatte arbetet nere i den halvmeter djupa gropen. Inte gräver väl de en grav, tänkte Nico. Så här års?

"Lite ovanligt att gräva en grav nu?"

Den äldre mannen nickade. "Jo - men familjen vill ha en begravning. Vi kontrollerade tjälen och insåg att den inte är så frusen som man kanske kunnat tro."

"Vems grav är det?"

Just som Nico misstänkte så tillhörde den kommande graven ett av 'Siffermördarens' offer.

"Michaela Lund" sa mannen med sorg i rösten. "Platsen köptes av hennes föräldrar för flera år sedan - tänkt att vara deras när den tiden var kommen." Han skakade på huvudet. "Det är svårt att få en plats på denna kyrkogård så de ville försäkra sig om saken."

Nico nickade förstående och såg sig omkring på den lilla kyrkogården. Det fanns inte många gravar och inte heller så gott om plats för nya.

"Tragiskt" fortsatte mannen. "Jag känner föräldrarna till Michaela." Han suckade. "Det här är oerhört beklagligt det som händer i vår lilla stad."

Nico instämde och nickade. "Så ni är vaktmästare?"

240

"Ja - jag har arbetat som det i trettio år snart." Han pekade mot den yngre mannen i gropen. "Det här är min grabb - han arbetar åt kyrkan när det behövs, annars har han sin grävarfirma."

Därav den lilla grävmaskinen, tänkte Nico.

Den yngre mannen nickade vänligt och instämmande mot Nico och sin far innan han fortsatte sitt arbete med att bila en större sten i jorden.

"Så när är begravningen?"

"Ceremonin skall hållas på onsdag."

Undrar vem som förrättar den? tänkte Nico. Nu när Pastorn sitter häktad.

"Då känner du Pastor Ralph Milton?"

"Visst gör jag det." svarade mannen. "Jag kan inte tro det hemska som jag nu hör om honom. Jag kunde aldrig i min vildaste fantasi tro att han var kapabel till något sådant."

"Vad kan du berätta om Ralph?" frågade Nico och rättade till kragen på sin svarta långrock.

"Han är omtyckt och lojal till kyrkan och församlingen. Han arbetar väldigt hårt och tillbringar mycket tid till volontärarbete." Han ryckte på axlarna. "Jag har aldrig hört någon säga något illa om honom. Församlingen tycker om honom. Likaså med konfirmanderna - ungdomar brukar annars inte vara så lätta att handskas med men alla tycker de om Ralph."

Nico stod tyst några sekunder medan han svalde ner det sista av kaffet. Det lät sannerligen inte som en mördare men bevisning var bevisning. Hur hade Ralph under alla dessa år lyckats lura sin omgivning? Vilket var egentligen motivet till att han nu fått detta sammanbrott och begått dessa hemskheter?

"Vad för volontärarbete?"

"Han samlar ofta in pengar för olika organisationer och någon dag per vecka spenderar han på en flyktingförläggning i Kalmar." Han skakade på huvudet. "Men hans fru tar mycket av hans tid ."

"Hans fru?"

Mannen nickade. "Hon fick någon diagnos för något år sedan. Någon form av schizofreni - hon kunde vara en aning aggressiv men efter att ha fått diagnosen och medicinering så klarar hon vardagen allt bättre."

"Tog det hårt på Pastorn?"

"Nej" sa mannen och skakade på huvudet. "Han visade aldrig några tecken på att det och när läkaren kom med sitt utlåtande så var de båda glada över att det fanns mediciner som kunde hjälpa dem." Han ryckte på axlarna. "Han är en god man och mig veterligen tar han mycket bra hand om sin fru."

Nico tackade för pratstunden och lät männen återgå till arbetet med att färdigställa den frusna graven. En begravning i december, tänkte han medan han vandrade tillbaka till sin parkerade bil. Det hörde verkligen inte till vanligheten. Men samtidigt var det inte mycket som under en senaste tiden hört till verkligheten i den här lilla staden.

Hoppas DNA-svaren inkommit nu, tänkte han medan han lämnade staden bakom sig. Låt det ha fått ett slut nu.

~ TRETTIOTRE ~

KOMMISSARIE JENNY Valentin hälsade på Inspektör Nico Wester då denne återvände från brottsplatsen. Hon hade en mindre huvudvärk och en sveda i halsen. Hon hade verkligen inte tid att bli smittad av något nu. På skrivbordet brann två stearinljus i adventsljustaken. Den andra advent hade passerat med glömska under gårdagen så nu fick hon fira det en dag för sent.

"Något nytt?" frågade hon medan han slog sig ner i hennes besökstol på nytt.

"Nej - inte mycket. Jag träffade kyrkans vaktmästare medan de höll på att gräva en grav."

"En grav?" frågade hon skeptiskt. "Vid denna årstid? Kan man ens det?"

"Tydligen. De hade hjälp av en grävmaskin."

"Vad sa denne vaktmästare då?" sa Jenny med svag röst och efterföljande hostningar.

"Börjar vi bli förkylda?"

Hon torkade tårarna ur ögonen och suckade. "Det hoppas jag verkligen inte - det finns ingen tid för

243

sådant." Hon hostade åter. "Så vad sa denne vaktmästare?"

"Nej - han pratade om Ralph och sa i princip samma som resten av den där staden säger - han kunde inte i sin vildaste fantasi tro att Ralph var kapabel till de brotten som han anklagas för."

Han berättade vidare om hur vaktmästaren talat sig varm om Ralph Miltons popularitet och dennes arbete som volontär. Och hur hans fru diagnostiserats med schizofreni för ett år sedan. Detta hade redan kommit till Jennys kännedom.

"Har Jan hört av sig?" frågade Nico och såg på sitt armbandsur. Klockan började närma sig halv två.

Jenny nickade och dolde ännu en hostattack i armvecket. "Han är på ingång."

KRIMINALTEKNIKER JAN Evert hade utlovat att ha resultatet av knivens DNA-spår klara till klockan två. Exakt två minuter i två knackade han på dörren till Kommissarie Jenny Valentins rum.

"Kom in" ropade hon till honom genom dörren.

"Jag har resultatet" sa Jan, ointresserad av att kallprata med Kommissarien och Inspektören. "Det är match på två personer." Han lade dokumentet på skrivbordet framför Jenny. "Blodet på kniven kommer från Sophia Bengtzon och vi har även säkrat fingeravtrycken."

"Snälla" sa Inspektör Nico Wester. "Säg att de tillhör Ralph Milton?"

Jan nickade och såg på Jenny. "Grattis Kommissarien, det verkar som att vi har fångat rätt bov i dramat. Det är

244

till hundra procent Ralph Miltons fingeravtryck på kniven."

Äntligen, tänkte Jenny och sträckte sig efter telefonen för att ringa häktet och be dem ha Ralph Milton i ett förhörsrum så fort som möjligt.

"Tack Jan" sa hon när hon avslutat samtalet. "Du är en hjälte." Hon log medan Jan endast nickade lätt och lämnade rummet. "Alltid lika glad den där mannen" sa hon till den leende Nico innan hon åter tvingades dölja en ny hostattack.

"Så" sa Nico. "Vi satte dit honom."

Hon nickade. "Får se om han är mer samarbetsvillig nu - men vi får i alla fall tilldela honom den nya informationen och misstankarna mot honom."

KOMMISSARIE JENNY Valentin bad Inspektör Nico Wester hålla i delgivningen av misstankarna och presentera den nya bevisningen då hennes röst börjat svika henne innan de äntrade förhörsrummet.

Pastor Ralph Milton satt lika stoiskt i förhörsrummet som vid det tidigare mötet - nu med sin advokat vid sin sida.

"Ralph" sa Nico då de satt sig ner mittemot herrskapet. "Vi har fått fram nu bevisning i utredningen mot er. Så vi kommer att fråga dig på nytt om du är beredd att ändra din tidigare version?"

Ralph stirrade bara rakt framför sig och höll sina händer knäppta som i en bön.

"Det vore bra för min klient att få ta del av den nya bevisning som gör att ni riktar dessa misstankar mot honom" sa hans advokat och rättade till de runda glasögonbågarna på nästippen.

Jenny lade dokumentet framför dem.

"Din klients fingeravtryck återfinns på den kniv som användes vid överfallet av Sophia Bengtzon" fortsatte Nico och såg sedan på Ralph. "Du kanske kan förklara för oss hur detta kommer sig?"

Ralph ryckte på axlarna men gav inte en min.

"Du vidhåller alltså att du inte befann dig vid kyrkogården under den aktuella tiden för överfallet?"

På nytt inget svar. Den gråhårige gamle mannen satt tillsynes helt oberörd av anklagelserna. Nico vände sig istället till advokaten.

"Din klients fingeravtryck har som sagt säkrats på det tillhygge som användes vid överfallet. Sedan tidigare finns ett vittne som pekar ut honom som gärningsman. Och det faktum att han inte har ett alibi och hans vägran för samarbete talar inte direkt till hans fördel."

Ralph satt fortsatt tyst - som om han inte förstod att det var just honom som de talade om. Försjunken i någon form av trans med tomma ögon och stelt ansikte.

"På dessa grunder kommer vi att ändra från På sannolika skäl misstänkt och delge dig graden Tillräckliga skäl för åtal för sammanlagt fyra mord och ett mordförsök."

"För att hans avtryck finns på en kniv som hittats vid ett överfall?" flikade advokaten in. "Det binder honom till max ett överfall och det är i nuläget inget mord eller mordförsök." Han såg ner i sina anteckningar. "Det är om möjligt att det kan bedömas som misshandel."

Jenny såg på sitt armbandsur. Om femton minuter var hon tvungen att infinna sig hos Åklagare Gunilla ström. Hon log mot advokaten och dennes tyste klient.

"Vi kommer att kunna binda er klient till samtliga brott" sa hon och reste sig. "Till dess är han förvisad att befinna sig i häktet."

"Bara för att vara på det klara" sa Nico innan han följde Jenny ut ur rummet. "Ralph - du anser dig alltså vara oskyldig till de anklagelser som delgivits er?"

Ralph vred sin blick till inspektören och såg med tomma ögon på honom innan han nickade. "Bortom rimligt tvivel." Sedan stirrade han återigen framför sig medan hans advokat bläddrade bland sina papper.

KOMMISSARIE JENNY Valentin klädde i all hast på sig sin röda rock och plockade ihop det dokument hon behövde ha med sig för att uppvisa för Åklagare Gunilla Ström.

"Kommer hon att gå med på misstankegraden?" frågade Inspektör Nico Wester.

Jenny såg med skeptisk blick på honom och höjde ögonbrynen medan hon satte upp håret på nytt. "Jag vet faktiskt inte? Advokaten har rätt - vi kan bara binda honom till ett överfall i nuläget och det är inte ens säkert att det kan ses som ett mordförsök."

"Gärningsmannen karvade ju faktiskt in nya siffror i offrets arm - precis som vid de tidigare morden. Jag menar - det om något borde vittna om att motivet bakom överfallet är att i slutänden döda sitt offer?"

Ja, tänkte Jenny. Det var det som hon skulle försöka få Gunilla att förstå - och om hon gick med på att hålla

Ralph Milton häktad för dåden så skulle de ha mer tid till att finna ytterligare bevisning.

"Jag måste ge mig av" sa hon. "Jag återkommer till dig om utslaget."

Han nickade och de båda lämnade kontoret. Jenny skyndade sig bort till trapphuset och vidare nerför trappan. Åklagarmyndigheten låg i samma byggnad och hon hade nu fem minuter på sig att skynda igenom korridorerna. Hon vägrade att komma försent och hon visste att Gunilla Ström inte var någon fanatiker av tidsoptimister.

Hon passerade genom receptionen, svepte sitt kort i dörrens kortläsare och skyndade vidare till Gunillas kontor. Hon slog sig ner på stolen utanför kontoret då dörren var stängd.

Medan tiden passerade förbi tänkte hon på det som advokaten sagt. Hon visste att bevisningen var tunn - hon var säker på att Gunilla skulle hålla Ralph kvar i häktet men att det skulle räcka till en fällande dom? Nej - det var hon säker på att det inte skulle. Men det såg absolut inte ljust ut för Pastorn.

Ändå hade hon en känsla vilandes över sig - som om någonting med fallet och hans lugn vittnade om något som hon missat. Något som inte stämde in.

~ TRETTIOFYRA ~

ÅKLAGARE GUNILLA Ström studerade den nya bevisningen. Hon skakade på huvudet och såg på Kommissarie Jenny Valentin som nervöst väntade på hennes beslut.

"Vi kan och bör absolut hålla kvar honom. Men frågan är om graden - jag menar, han kan i nuläget inte bindas till morden även om han ristat in siffror i offrets arm. Det kan självklart ses som en förberedelse för att mörda Sophia - men det är inget bindande till de andra tre mordtillfällena."

"Jag vet" svarade Jenny och lutade sig fram i besöksstolen. "Vi arbetar nu med att kartlägga var han befann sig, vad han gjorde och om han har alibi för de andra tre incidenterna." Hon hostade på nytt. "Så om vi kan hålla honom kvar så kommer jag och mitt team att finna ny bevisning och tillslut hoppas vi knäcka honom under förhören."

Gunilla lutade sig tillbaka i stolen och begrundade informationen.

Vi kan knäcka honom, tänkte Jenny och såg vädjande på henne.

"Jag kan begära Ralph Milton fortsatt häktat på Tillräckliga skäl men i nuläget endast på överfallet på Sophia Bengtzon. Det ger dig tid för att finna den bevisning du behöver för de tre andra brotten."

"Mordförsök?"

Gunilla bet sig i läppen och såg på henne med en fundersam blick.

"Kom igen, Gunilla - siffrorna följer ju det exakta mönstret för att detta var tänkt som ett nytt mord."

"Visst" svarade hon. "Du får honom för mordförsök men då behöver jag ytterligare bevisning - både i detta fall och i de andra tre."

"Tack. Och vi hoppas på att Sophia Bengtzon inom kort skall vakna ur sin koma. Hon kan om möjligt peka ut Ralph som den skyldige."

"Det skulle stärka er bevisning."

"Bra" sa Jenny och hostade på nytt.

Gunilla tog av sig glasögonen och såg pillemariskt på Jenny. Hon log. "Du är annorlunda."

"Vad menar du?"

Hon ryckte på axlarna. "Du är annorlunda. Det är en helt annan aura runt dig." Hon vinkade med ögonbrynen. "Det liksom, strålar om dig."

"Jag är bara glad för den nya bevisningen" svarade Jenny och reste sig, tog sin rock och trädde armarna i den.

"Eller så har du haft sex" sa Gunilla som nu åter hade glasögonen på nästippen och såg ner i dokumentet med DNA-analysen.

"Ursäkta?"

"Eller så har du haft sex" log Gunilla utan att höja blicken.

"Det... jag... vad?"

"Kom igen, Jenny" sa Gunilla, tog av sig glasögonen, satte dem till läppen och såg på henne. "Vi har känt varandra i en herrans massa år - du har kommit in här med flertalet mordfall och bevisning." Hon skakade på huvudet. "Så här har jag aldrig sett dig förut - och dessutom så rodnar du nu."

Jenny kände hur kinderna värmdes och förstod att de nästan måste se självlysande ut.

"Vi är vänner, Jenny - du har antingen haft sex eller så är du kär." Hon log på nytt. "Jag gissar på att det är båda delarna."

Jenny log och skakade på huvudet. "Så länge det bara är du som ser det så är jag nöjd."

"Grattis" sa Gunilla. "Jag hoppas det är en bra man."

Det är det, tänkte Jenny. En fantastiskt bra man.

JACK MOLIN läste igenom sin nya krönika. Detta var bra, tänkte han. Riktigt bra. I timtal hade han skrivit och skrivit. Runt honom i soffan låg utrivna sidor som han förkastat - det som nu återstod var en fyrtiotvå sidor lång utsaga om historien om budbäraren. Han lade ner pennan på blocket och såg framför sig i Kommissarie Jenny Valentins vardagsrum. Detta var inte enbart någon ny krönika. Det var flera tidningssidor - en hel novell.

Med ensamrätten på denna historia skulle han tjäna stora pengar - han hade ju redan möjligheten att bli först med nyheten. Kanske fick han nöja sig med det? Eller

251

kunde han möjligtvis skriva en bok om det? Han var ju trots allt mitt inne i det och den som kommit med den avgörande teorin om motiven till morden.

Mobiltelefonen ringde och avbröt honom i hans tankeverksamhet. Han log då Jennys namn sken upp på skärmen.

"Hej där" svarade han.

Jennys vackra stämma hostade honom i örat i den andra änden.

"Du låter hemsk."

Hon förklarade att hon ådragit sig början på en förkylning och beklagade sig för att hon inte hade tid med en sådan i detta läge.

"Hur går det för er då?"

Med ens lät hon gladare då hon berättade att fingeravtrycken minsann tillhörde Pastor Ralph Milton.

"Får du dela med dig sådana uppgifter?"

Det fick hon naturligtvis inte men försäkrade sig om att Jack inte skulle dela informationen vidare förrän dess att Ralph befann sig bakom lås och bom. Hon berättade att hon skulle svänga förbi sjukhuset för att besöka Sophia Bengtzon innan hon skulle komma för att hämta honom.

"Då ses vi om en timme" sa Jack och avslutade samtalet. Han samlade ihop alla papperssidorna och reste sig ur soffan. Det var dags att göra sig i ordning.

SOPHIA BENGTZONS far hälsade på Kommissarie Jenny Valentin med utsträckt hand.

"Kenneth."

"Jenny - jag utreder överfallet."

Sophia låg sovandes i sängen i det lilla sjukhusrummet. Inkopplad med flertalet sladdar och droppställning. Det bruna håret vilade runt hennes ansikte. Såret vid tinningen var sytt och övertäckt med en kompressor. Hon såg så fridfull ut med de stängda ögonen, de nätta läpparna och det runda vackra ansiktet.

"Hur är det med henne?"

Kenneth suckade och lade sin hand ovanpå sin dotters.

"Det kritiska läget är förbi - hon kommer att överleva." Han skakade på huvudet och såg med sorgsen blick på dottern. "Men huruvida hennes minne kommer att vara intakt är ännu oklart."

Jenny nickade förstående.

"Det var ett mycket hårt slag hon utsattes för. Röntgen visar att ena hjärnhalvan ådragit sig en större blödning men om den kommer att påverka henne är inget de kan sina om innan dess att hon vaknar."

"Jag vet att du redogjort för detta tidigare - men orkar du möjligtvis guida mig igenom vad som hände den här kvällen? Utifrån dina egna iakttagelser förstås" sa Jenny och slog sig ner i besökstolen och plockade som alltid upp ett anteckningsblock och en penna.

Det var viktigt att hon inte gick miste om något. Minsta lilla detalj kunde fälla ett avgörande för en utredning.

"Jag och min fru hade gäster hemma. Jag minns inte vad klockan när Sophia ringde mig. Hon bad mig möta henne då hon inte ville gå hem själv."

"Hade ni kommit överrens om detta tidigare eller var det på hennes initiativ?" Möjligen kände hon sig hotad, tänkte Jenny. Kanske att någon påpekat något på festen hon befann sig på?

253

"Vi talade om det tidigare - att om hon inte kunde slå sällskap med någon hem så skulle hon höra av sig."

Jenny nickade och antecknade.

"Min fru gick och lade sig och jag och våra gäster snörade på oss skorna och klädde oss för att gå."

"Ni gick alla vid samma tid?"

"Ja - ett sällskap på tre." Han skakade på huvudet. "För mig kändes inte som så många minuter hade passerat. Våra gäster bor längst vägen så vi talade en stund utanför deras bostad - bara några vänliga avskedsord och tackade för en trevlig kväll. Jag trodde att Sophia skulle vänta vid sin vän på Norra Vägen."

Enligt vännen på Norra Vägen lämnade Sophia festen som dess sista gäst och vandrade ut i natten på egen hand. Huruvida hon slog följe med någon mellan Norra Vägen och Kyrkan var ännu dolt i ovisshet.

"Vad minns du sen?"

"Jag kom gående runt hörnet till Olofsgatan och eftersom jag trodde att Sophia skulle vänta kvar på festen så svängde jag av till Norra Kyrkogatan." Han tryckte Sophias hand hårdare i sin. I dunklet vid kyrkomuren såg jag gestalten av något som rörde sig. När jag kom närmare såg jag att det var en person som stod på knä ovanför vad jag trodde var en annan person." En tår föll för hans kind. "En lustig känsla kom över mig så jag ropade och gick med snabbare steg åt deras håll. Personen kastade en snabb blick på mig och försvann sedan i snabb takt över kyrkogården."

"Såg du personens ansikte?"

"Nej." Han skakade på huvudet och suckade. "Det var för mörkt och jag var på ett för långt avstånd. Men jag tyckte mig känna igen längden och stilen på personen. Och när jag såg prästkragen vid Sophia så förstod jag."

Jenny såg på Sophia och sedan på Kenneth. "Känner du Ralph Milton?"

"Bara flyktigt" svarade han.

"Jag kan underrätta er att han sitter häktad i nuläget för mordförsök på er dotter. Hans fingeravtryck fanns på kniven som lämnades på platsen."

Kenneth grät nu öppet. "Jag förstår inte?" sa han snörvlande. "Jag känner inte Pastorn så bra men av vad jag hört så trodde jag aldrig i min vildaste fantasi att det kunde vara han som låg bakom dessa hemskheter."

Det var andra gången idag som Jenny hörde den beskrivningen av Pastor Ralph Milton.

~ TRETTIOFEM ~

JACK MOLIN stod i kylan vid trottoaren och inväntade Kommissarie Jenny Valentin. Mörkret höll återigen sitt grepp om sin omgivning och snön hade sakta börjat falla på nytt. Stora flingor singlade ned och fyllde på nytt den plogade gatan med sitt vita täcke. Han såg ner på sitt armbandsur. Var befinner hon sig?

Minuten senare bromsade Jenny in sin Volvo intill trottoarkanten och Jack kunde stiga in i den behagliga värmen.

"Hej - förlåt att jag är sen."

Han stängde dörren och sträckte sig efter säkerhetsbältet. "Det är ingen som helst fara med mig." sa han leendes. "Hur är det med dig och den retsamma hostan?"

Hon skakade på huvudet medan hon svängde ut i gatan och körde vidare med destination Åseda. "Den blir bara värre" beklagade hon sig. "Det är så typiskt att den ska drabba mig nu."

Han fann det som sött - hennes kinder var mer rosenröda en någonsin tidigare och på ett gulligt sätt putade hon med överläppen då svedan från den snörvliga näsan gjorde sig påmind. Men hon hade rätt - det passade sig nog bättre när man var ledig och kunde vila sängliggandes, inte lika bra med en utredning av en seriemördare vilandes över sig.

"Så nu när ni har fingeravtrycken är väl utredningen så gott som klar?"

Hon såg på honom och log. "Inte direkt. Det saknas fortfarande bevisning för de övriga brotten och i nuläget har vi inget som knyter Ralph Milton till de platserna, förutom hans avtryck vid den kniv som användes för att lämna budskapet på Sophia Bengtzons arm."

"Räcker inte det?" frågade han, trots att han förmodligen redan räknat ut svaret.

"Inte på långa vägar. Men nu när vi har honom häktad så kan vi arbeta vidare med att knyta honom till de andra morden och även möjligheten att pressa honom i förhör."

Hon blinkade och svängde in på en bensinstation längst vägen. Hon stannade intill den upplysta byggnaden och stängde av bilen. "Jag är vrålhungrig, är inte du?"

Jack kom just på att han minsann var det. Han hade ju inte ätit på hela dagen.

De knäppte av sig säkerhetsbältena och klev ut i kylan. Snön föll nu mer intensivt. Inne på bensinstationen beställde de en varsin mosbricka med grillad korv och avnjöt den med Coca-Cola, sida vid sida om ett litet bord.

"Hur firar du jul?" frågade hon mellan tuggorna.

Han ryckte på axlarna och torkade bort senapen från mungipan. "Ja du? De senaste åren har jag firat med en

258

vän, hans flickvän och deras vänner men i år är annorlunda." Han väntade medan hon hostade. "De har fått en dotter nu så de kommer att fira med sina familjer."

"Så du hade tänkt fira själv?"

Han nickade till svar.

Sorgligt, tänkte hon.

"Det verkar bli så."

"När allt detta är över kanske du kan överväga att fira den ihop med mig?" frågade hon och log smått medan hon sneglande utforskade hans reaktion.

"Det kan jag absolut överväga" log han tillbaka.

Jenny log och tog en ny tugga av mosbrickan men såg med fundersam blick på Jack. Hur skulle hon tolka hans svar? Var det så att han ville spendera julen med henne? Eller var det så att han skulle fundera på saken?

"Hur firar du jul? Med familjen?"

Hon nickade medan hon sörplade på sin Cola. "I år ska vi likt förra året vara hemma hos min syster. Eller jag tror att det blir så - jag har inte svarat på hennes inbjudan än."

"Det låter trevligt."

Tillbaka i bilen svängde hon ut från bensinstationen och växlade bitvis upp till behaglig hastighet medan snön yrde efter dem. Hon lade i sexans växel och lät handen vila på växelspaken någon sekund. Då kände hon närheten av Jacks varma hand som omsorgsfullt tog till sig hennes. De såg på varandra och log.

Kanske ville han fira jul med henne ändå?

"Jag funderade på en sak gällande Pastorn och de övriga brotten" sa Jack efter en stunds tystnad.

"Okej - vad var det då?"

259

Han harklade sig. "Jag har endast sett bilden på de första morden - de i sängkammaren - och sen bilen vid husbranden."

"Okej?"

"På de siffror som var skrivna ovanför sängen och de som var skrivna på sidan av bilen slog mig en tanke just." Han harklade sig på nytt. "Nollorna är väldigt utmärkande."

"Nollorna?"

Han nickade. "Man ser tydligt - i alla fall för en obildad som mig själv - att nollorna är skrivna av samma person. De har en tydlig början och ett tydligt slut, samma rörelsemönster."

"Så du menar att om Ralph..."

"Om ni låter Ralph skriva ner siffror eller om ni söker igenom hans hus efter någonting där siffror är skriva så kommer ni att kunna jämföra dem med de vid morden." Han ryckte på axlarna. "Även dem som är karvade i offrens armar - man borde ha ett inlärningsmönster som man följer när man skriver?"

Jenny stirrade framför sig. Varför hade inte den tanken slagit henne? Hon såg siffrorna framför sig och insåg att Jack hade rätt - det var extremt tydligt.

"Hur kunde vi missa det?"

Jack ryckte åter på axlarna. "Det var bara en tanke?" Han log. "För många avsnitt av Criminal Minds och CSI."

Hon var imponerad. Jack hade verkligen en blick för detaljer och ett skarpsint sinne. Utan honom hade de kanske inte haft så mycket att arbeta efter.

"Vad tror ni om motivet?"

"Motivet?"

"Ja" sa Jack. "Kan det vara så att det överrensstämmer med min teori om Bibeln och budorden?"

"Låt oss säga som så" svarade hon. "Pastor Ralph Milton är inte särskilt pratsam av sig." Hon hostade på nytt. "Man kan inte tro att det är en man som om söndagarna står och predikar inför en hel drös med människor."

"Vad tror du då?"

Jenny funderade. Vad trodde hon egentligen? Jacks teori var det enda som verkade logiskt om än något långsökt. Men samtidigt stämde det in på varje punkt.

Hon vände sig mot honom och log. "Jag tror att du har rätt."

Han log och såg sedan framför sig på den mörka vägen.

"Nu ska jag förstås bara bevisa det."

"Ni kommer att lösa det" svarade han utan att se på henne. "Ni har er gärningsman och han kommer att tala." Han log bredare. "Inom sinom tid."

De svängde in i det lilla samhället och stannade intill trottoaren utanför St. Olof Hotell.

"Jag ska tala med Fru Milton" sa Jenny.

Jack nickade och knäppte upp säkerhetsbältet. "Sover du hos mig?" Han log brett.

Hon bet sig fundersamt i underläppen och nickade sedan. "Vi ses om en stund."

Han lutade sig framåt och deras läppar möttes och omslöts innan han öppnade dörren och klev ut i snöyran utanför.

~ TRETTIOSEX ~

KOMMISSARIE JENNY Valentin knackade på dörren till Ralph och Beatrice Miltons villa, mittemot den ståtliga Kyrkan som hon så djupt föraktade. Snön föll kraftigt och hon sökte skydd under den lilla terrasstaket medan hon drog åt kragen på den röda rocken. Minuten passerade förbi innan Beatrice Milton öppnade dörren med stor misstänksamhet.

"Beatrice?"frågade Jenny. "Beatrice Milton?"

"Ja?"

Den pryda damen såg på henne med kisande ögon. Klädd i blå byxor, röda sandaletter och en vit stickad polotröja med det gråbruna håret hängande bakom öronen.

"Jenny Valentin - Jag är mordutredare och kommer med information om din man." Hon dolde en hostning i armvecket. "Går det för sig att jag kommer in?"

Beatrice sköt upp dörren än mer och tog ett steg åt sidan.

"Tack."

I den värmande hallen lyste en svag lampa. Jenny stängde dörren efter sig och hängde av sig sin rock och klev ur kängorna. På en byrå som hon tog stöd emot låg ett par svarta handskar. Troligen de som användes vid de övriga överfallen? tänkte hon. Den ihärdiga hostan höll i sig.

"Jag ber om ursäkt att jag inte kommit tidigare - det var först idag som jag förstod ert tillstånd - och jag hade kommit tidigare om jag inte..." Återigen dolde hon ansiktet bakom armvecket i en ny hostattack.

"Ingen fara, lilla du" sa Beatrice och visade henne till vardagsrummet. "Du låter förförlig. Kan jag erbjuda lite te med honung?" Hon visade Jenny att slå sig ner i den bruna manchestersoffan. "Det brukar hjälpa mot vinterkylan och lenar halsen."

Jenny nickade. "Tack, det var vänligt."

Beatrice försvann ut mot köket och Jenny såg sig fundersamt och nyfiket omkring. Vardagsrummet var likt hallen inredd med en gammal stil - Jenny var ingen expert men hon gissade på att den tillhörde den Gustavianska eran. En robust brun tresitssoffa med två tillhörande fåtöljer runt det brunlackerade mahognybordet. Som sagt, hon var inget inredningsexpert men denna stil var både passé och i hennes benämning - vidrig.

Tapeterna följde ett gult och blått mönster med en röd och brun tapetbård för att toppa det hela. En tjock-tv på en liten rullbar bänk och hyllor fyllda med uppslagsverk. En gammal fransig matta under bordsbenen.

Beatrice tog tid på sig men kom slutligen tillbaka med två koppar rykande te.

"Här, lilla vän" sa hon och ställde en kopp framför henne på bordet. "Det är bara vanlig Earl Grey med socker och honung m en det gör undervärk för hostan."

"Tack."

Lilla vän? tänkte Jenny. Hur gammal tror hon att jag är? Hon visste sedan tidigare att Fru Milton var mycket yngre än sin man. Hela tretton år yngre vilket gjorde att avståndet dem emellan inte var allt för stor.

Beatrice slog sig ner i en av fåtöljerna, tog en klunk ur teet och såg sedan fokuserat på Jenny.

"Jag är här för att tala om er man" sa Jenny och svalde sedan ner en stor klunk av teblandningen. Väldigt god, tänkte hon och tog ännu en klunk innan hon fortsatte. "Jag vet inte hur mycket information som delgivits er?"

Beatrice skakade på huvudet. "Inte mycket alls. Polisen stormade in här och väckte mig ur min sömn. När jag kom ner från övervåningen var de i full färd med att gripa min Ralph." Hon tog en ny klunk. "Jag kan inte säga att jag förstod vad det handlade om men jag antog att det är om de där morden som skett?"

Jenny nickade. "Han är nu häktat för morden och mordförsök då bevisning mot honom framkommit."

Hon var inte säker på Beatrice tillstånd. Hon hade mycket liten erfarenhet av schizofreni och visste inte hur Beatrice skulle komma att agera om hon inte tagit den medicin som hon skulle.

"Jag förstod att ditt tillstånd inte tillåter er att framföra ett fordon, Fru Milton, så därför kommer jag till er för att meddela vår utredning."

"Vad är er bevisning?" frågade Beatrice och smuttade på tekoppen.

"Vi fann en kökskniv på platsen där Sophia Bengtzon överfölls - den har er mans fingeravtryck på sig." Hon avvaktade för att låta informationen smälta in samt läsa av Beatrice tillstånd. "Samt hans prästkrage."

Beatrice nickade.

"Samt att vi har ett vittne som tror sig ha sett Ralph lämna platsen."

Beatrice ställde ner sin kopp medan Jenny svalde ännu en klunk av teet. Beatrice hade rätt - teet var som en len smekning längst den irriterade strupen. Men hon kände sig fortsatt sjuk. Huvudvärken blev än värre och en känsla av trötthet kom över henne. Hon ställde den tomma koppen framför sig. Hon ville bara få det överstökat och sen åka hem till Jack. Och en sak var så säker - Jack Molin skulle inte få någon sex denna natt. Allt Jenny ville göra var att lägga sig ner och sova.

"Hur är det med flickan?"

Flickan? tänkte Jenny.

"Du menar Sophia?"

Beatrice nickade och såg på henne med tom blick.

"Hon befinner sig i fortsatt koma men läkarna menar att hon kommer att överleva. Frågan är bara om hon minns tillräckligt för att peka ut den som överföll henne."

Beatrice nickade. "Jag förstår." Hon reste sig. "Hur känns halsen, lilla vän?"

"Mycket bättre, tack."

"Får jag intressera er för en påtår? Det kommer verkligen att hjälpa er att sova - ett gammalt recept detta."

Jenny hade inget emot att få en god natts sömn och kunde minsann tänka sig en kopp till. "Tack, gärna."

266

Beatrice tog de båda kopparna och försvann åter ut i köket. Stackars kvinna, tänkte Jenny. Hon måste vara helt förkrossad över detta? Ändå kände Jenny att ett visst lugn vila över Beatrice. Var hon redan medveten om vad hennes man förhåll sig till? Eller var det kanske medicinerna hon åt för sjukdomen?

När Beatrice återvände med två nya koppar av det väldoftande teet hade Jenny sina ögon stängda. Hon öppnade dem när Beatrice ställde ner koppen framför henne. Hon drog ett djupt andetag och rätade på sig i soffan.

"Jag får be om ursäkt" sa Jenny. "Jag har inte sovit så bra på sistone och denna förkylning gör inte saken lättare."

Beatrice slog sig ner i fåtöljen och log. "Ingen fara, lilla vän. Jag förstår att livet som utredare ibland kan tära på krafterna." Hon tog en klunk av teet och sneglade på Jenny som smakade av i sin kopp. "Vad kommer att hända med min man?"

Jenny svalde ner klunken och ställde ifrån sig koppen. "För tillfället är han endast misstänkt. Det finns bevisning som ger oss en grund för att tro att han har utfört ett eller flera av dessa brott."

"Hur mycket hänger på flickans utpekning när hon vaknar?"

Jenny såg på Beatrice. "Bra fråga - det beror på hur mycket Sophia kan återberätta."

En tystnad följde där de båda drack ur sina koppar.

"Trodde ni någonsin att er man kunde vara kapabel till någonting sådant här?"

Beatrice skakade på huvudet. "Min man tar hand om mig." Hon log åt Jenny. "Ni känner till mitt tillstånd och förstår att det inte alltid är så lätt för min Ralph att ta hand om både kyrkan, mig och alla dessa talande munnar i denna stad."

"Talande munnar?"

"Ryktesspridare. Skvallerkärringar." Hon log. "Jag hade väldigt många bekanta, vänner och väninnor innan sjukdomen drabbade mig." Hon såg nu sorgsen ut. "Vissa av dem hälsar inte på mig längre - andra har slutat att komma till kyrkan."

Jenny nickade förstående och drack ur det sista ur kopp nummer två.

"Min man har varit hängiven församlingen och den här staden sedan den äldre Pastorn slutade. Han har hängivit sig till att finnas där för folk och hjälpt dem genom både glädje och sorg. När jag blev sjuk så sköter han nu om mig parallellt med sitt arbete. Han har aldrig övergett någon."

"Jag förstår." Jenny log. "Det måste vara jobbigt att höra den information jag kommer med."

"Jag vägrar tyvärr, lilla vän, att tro på den."

Jenny såg fundersamt på henne med en trött blick.

"Jag förstår att ni bara utför ert jobb, Kommissarien, men det finns säkert naturliga förklaringar till detta. Prästkragen kan han ha tappat när han vandrade hem efter Gudstjänsten i söndags. Och kniven kan han ha använt för att göra något arbete runt kyrkan - den riktiga gärningsmannen kan sedan ha funnit den i gräset under eller innan överfallet av Sophia."

Jenny log. Stackare, tänkte hon. För vilket arbete runt kyrkan använder man en köksskniv? Och nu var hon så trött och huvudvärken så påtaglig att hon behövde ge sig av hem till Jack för att krypa ner i sängen.

"Har ni möjligtvis ett mobiltelefonnummer där jag kan nå er?" frågade hon. "Så fort jag har någon information eller om det är något jag kan göra för er."

Beatrice reste sig. "Visst har jag det, kära du. Låt mig skriva ner det för er."

Hon försvann åter ut i köket medan Jenny lutade sig tillbaka i soffan. Vilket otroligt besynnerligt par detta är, tänkte hon och kände hur tröttheten tog ett starkare grepp om henne.

~ TRETTIOSJU ~

INSPEKTÖR NICO Wester log mot sjuksköterskan där hon passerade honom i sjukhuskorridoren.

"Vi väcker henne nu" log hon.

Nico nickade men valde att sitta kvar på sin stol i korridoren. Det var inte mer än rätt att flickan fick några minuter med sin familj innan han började mata henne med sina frågor. Dessutom visste ingen i vilket tillstånd hon skulle återkomma till - kanske var en Inspektör som hon inte hade någon relation till inte den bästa starten efter en traumatisk händelse. Han skulle låta henne få en stund med sin familj.

De hade trots allt Pastor Ralph Miltons fingeravtryck på kniven, faderns signalement och troligen Pastorns prästkrage. Att få Sophia Bengtzons utpekande och bekräftelse kunde man se mer som en bonus. Han var inte orolig - denna gång hade de fångat den rätta gärningsmannen och nu gällde det bara att knyta denne till de andra brotten.

Minuterna passerade medan kvällen föll utanför. Klockan närmade sig halv åtta medan sjuksköterskan och läkaren kom ut från Sophias rum. Sköterskan log likt innan medan den manlige läkaren höll en mer samlad min.

"Sophia är nu vaken" sa denne. "Hennes värden ser mycket bra ut och hon har talat."

"Just nu talar hon med sin familj" fyllde sköterskan i. "Vill du tala med henne så bör du ta det varsamt fram."

Nico tackade och reste sig ur stolen. Med tunga steg gick han bort till salen där Sophia nu låg vaken. Han ställde sig intill dörrkarmen och lyssnade genom den lilla dörrspringan innan han försiktigt knackade på dörren.

Han nickade mot fadern då han äntrade rummet och såg sedan på Sophia medan han stannade intill fotänden av sängen. Han log vänligt.

Sophia såg med trötta ögon på honom. Det runda ansiktet som tidigare varit så blekt började sakta anta en rödlett nyans.

"Hej Sophia" sa han. "Mitt namn är Nico och jag kommer från polisen." Han log och väntade någon sekund. "Hur känner du dig?"

"Som den värsta baksmälla jag någonsin haft" svarade hon med hes röst. "Huvudet känns som en bomb - som att jag krockat med ett godståg."

Hennes far höll i hennes vänstra hand - den högra vilade i hennes mors. De hade båda tårar i ögonen där de satt på varsin sida om sin dotter. Förmodligen glädjetårar, tänkte Nico. Men kanske också en dold förskräckelse för hur det hade kunnat sluta.

"Tror du att du kan svara på några frågor?"

Hon nickade försiktigt.

"Vad minns du från kvällen?"

272

En stunds tystnad medan hon samlade kraft. "Jag gick från festen." Hon svalde hårt. "Jag såg en polisbil på gatan... sen gick jag mot kyrkan... förbi kyrkogården och där... där..."

Hennes far tryckte lätt hennes hand. "Du kan vara lugn, gumman. Polisen har gripit honom. Han kan inte skada dig längre."

Hon såg på sin far och sedan på Nico. "Vad menar ni?"

"Vi har gripit Pastor Ralph Milton - mannen som överföll dig." svarade Nico.

Hon skakade på huvudet och såg förvirrat på Nico. "Det var inte Ralph som överföll mig."

KOMMISSARIE JENNY Valentin hade svårt att hålla ögonlocket i schack. Tungt fortsatte de att falla för hennes ögon medan hon satt sömnigt i den obekväma soffan hemma hos paret Milton.

"Här har du vännen" sa Beatrice när hon äntligen kom tillbaka från köket och lämnade över en pappersbit med ett telefonnummer på.

"Tack" sa Jenny och tog emot papperet. Handen, armen, hela kroppen kändes tung och hon fick kämpa för att hålla ögonen öppna. "Gud vad trött jag känner mig."

Beatrice satt åter i fåtöljen. Med lugn blick och sammanbiten min studerade hon den avdomnande Kommissarien.

Jenny såg på lappen och läste med suddig blick siffrorna. Noll-sju-noll... Hon spärrade upp ögonen och fokuserade hårdare för att se det tydligare. Det var samma nollor - samma stil som på de nollor som lämnats på mordplatserna. Hon vred blicken till Beatrice.

"Du?" Hon skakade på huvudet. "Det var du som..." Hon slickade sig om de torra läpparna och kände smaken av socker. Teet? tänkte hon. "Vad hade du i teet?"

Beatrice satt lika likgiltigt med den sammanbitna minen och de tomma mörka ögonen. Spöklikt gav hon ett stilla leende medan Jenny trevandes försökte resa sig.

Benen vek sig under henne och hon tvingades tillbaka till soffan. Nytt försök men åter försvann kraften under henne.

"Sa jag inte att teet skulle få dig att sova gott?" väste Beatrice, nu med ett brett leende på läpparna.

Jenny kände hur hjärtslagen ökade i takt med att paniken spred sig i kroppen. Vad var det i teet? Två fulla koppar hade hon fått i sig.

"Vad har du... gjort med... mig?"

"Åh, bara lite sömnpiller, lilla vän" svarade Beatrice och lutade sig framåt i fåtöljen. "Du känner till min sjukdom - läkarna ger mig allt möjligt för att hålla demonen kedjad."

"Demonen?"

"Demon och demon" väste hon. "Det är Guds sätt att tala med mig. Han har sänt ner en ängel som hjälper mig att utföra Hans tjänster."

Hon är galen, tänkte Jenny medan sömntabletternas verkan blev mer påtaglig. Hon skulle inte kunna ta sig ur detta. Torrheten i halsen gjorde att hon knappt fick fram ett ljud. Blicken blev än mer suddig och kroppen tyngre.

"Tror Kommissarien på Gud?"

Jenny svarade inte utan fokuserade istället på att göra sitt yttersta för att behålla ett vaket tillstånd. Hur mycket sömnmedel hade hon fått i sig? Var det tillräckligt för att döda henne eller var det endast för att söva? Men vad hade denna sjuka kvinna för plan med henne när hon väl somnat?

"Din far var en Guds tjänare" fortsatte Beatrice. "Tills dess att djävulen hemsökte hans själ." Hon skakade på huvudet. "Den stackars flickan - och du, du som beskådade det hela."

"Vad tänker... du... göra med mig?" stammade Jenny fram som små kvävda ljud ur strupen medan ögonen tårade sig.

"Var inte rädd, lilla vän" tröstade Beatrice och lutade sig framåt. "Vi kommer att ta väl hand om dig."

Vi? tänkte Jenny medan hon hörde sin mobiltelefon ringa från handväskan ute i hallen. Hade de listat ut det? Var det hjälpen som ringde henne? Var det Jack? Nico?

"Huruvida du hamnar i helvetet eller hos Din Skapare är upp till Honom" fortsatte hon och reste sig ur fåtöljen, tog tag i Jennys arm och hjälpte henne upp på vinglande ben.

"Jag har inga siffror" sa Jenny medan hon tog stöd mot bordsskivan. "Du har inga siffror för mig."

"Du är en bonus."

Jenny lät kroppstyngden falla till golvet. Utmattad stretade hon emot medan Beatrice ryckte och slet i hennes arm. Gång på gång lättade överkroppen från golvet för att sedan dunsa ner igen.

"Vi är tvungna att göra oss av med dig, lilla vän" sa Beatrice med fortsatt lugn röst. "Du vet för mycket."

"Beatrice... du kommer inte undan."

Jenny hade nu inga krafter kvar utan lät sig släpas över golvet medan Beatrice drog henne med sig över dörrtröskeln och ut i hallen. Liggandes på golvet såg hon med gråtande ögon och suddig blick på hur Beatrice klädde sig i en svart jacka och trädde fötterna i kängorna.

Framför sig såg hon Jack - mannen som just tagit hennes liv med storm. När allt i hennes liv plötsligt fallit på plats när det handlade om kärlek, relationer och känslor så skulle det nu avslutas. Vilket hemskt sätt att lämna på.

"Upp" beordrade Beatrice.

Men det spelade inte längre någon roll. Jenny var för svag för att resa sig - för svag för att göra motstånd. Ville Beatrice få henne med sig fick hon allt använda varenda muskel för att släpa henne genom snövallarna utanför.

Beatrice suckade och såg för en stund ut att ha ångrat sig angående mängden sömnmedel. Hon ställde sig på huk, tog ett stadigt tag om Jenny och pressade sig uppåt medan den neddrogade Kommissarien hängde medvetslöst i hennes armar. Med tunga steg släpade de sig mot ytterdörren och vidare ut i kylan. Jenny svävade mellan drömmar och verklighet och förstod för en kort stund precis vad som försiggick inne i Beatrice huvud - att ena stunden vara medveten, i nästa vara paranoid och drömmande.

Hon hörde Jacks röst medan de kalla snöflingorna träffade hennes ansikte. Hon hörde rösten - men han syntes inte till.

~ TRETTIOÅTTA ~

BEATRICE MILTON släpade Kommissarie Jenny Valentin över snövallen utanför villan, vidare ut på vägen och upp på trottoaren på andra sidan. Gång på gång kvicknade Jenny till men kraften var som försvunnen - som vid en rejäl vinfylla var blicken suddig och sinnena oanvändbara. Trädens grenar bugade för den mäktiga vinden medan hon släpades upp på stenmuren vid kyrkan och vidare över kyrkogården. Mer skräckinjagande och mer mäktig än någonsin tidigare uppenbarade den sig åter inför henne. Väldig, stor och ståtlig - hennes fars kyrka. Som i alla de hemska drömmar hon tidigare haft om denna plats bad hon en stilla bön om att detta skulle vara ännu en av dem och att hon snart skulle vakna upp. Vakna upp och finna sig vilandes i Jack Molins trygga famn.

Beatrice såg ut som en svart vålnad framför Herrens ståtliga byggnad - upplyst i all sin prakt. Beatrice representerade ytterligare ett mörkt kapitel i den kristna galenskapen som varit Jennys liv. Inför hennes ögon var Beatrice ännu en hemsk varelse likt dem som kallat på

279

henne när hon i drömmarna stod utanför den svarta porten. Hennes fars vålnad - återuppstånden.

Med en duns släpptes Jenny på den kalla marken. Med kinden mot den isande snön låg hon kraftlös och beskådade det som hände inför henne. Beatrice gick någon meter ifrån henne, gick ner på knä och började sakta pressa bort den plywoodskiva som låg över en nygrävd grav.

Mödosamt tog sig Jenny upp till en sittande position och lutandes mot en gravsten såg hon med tomma ögon på medan Beatrice sköt undan plywoodskivan som täckte graven. Vad är det för hemsk plan som försiggår inne i Beatrice huvud? tänkte hon. Vad skulle det bli av henne? Kylan var nästan outhärdlig - kondensen från hennes intensiva andning steg mot natthimlen medan hon sakta stirrade på snöflingorna som singlade ner. Beatrice kom närmare med bestämda steg och sjönk ner på huk framför henne.

"Varför?" fick Jenny fram medan tårarna isade sig på hennes bleka kinder.

Beatrice såg på henne under tystnad.

"Varför Beatrice?"

Beatrice svarade henne inte. Hon bara stirrade henne i ögonen. En tom och oberörd blick.

"Du ska väl ändå döda mig" fräste Jenny. "Så vad spelar det för roll om jag vet?"

Beatrice log. Nog hade hon tänkt döda henne alltid - och inte kunde det väl skada att Jenny fick veta motiven bakom seriemorden?

"Va?"

"Du har så rätt, lilla vän" log Beatrice vidare. "De kommer till vår kyrka. De sjunger psalmerna, biktar sig

280

och deltar i församlingen." Hon skakade på huvudet.
"Men skenet bedrar - allt är en maskerad."
"Så därför förtjänar de att dö?"
Jenny skakade i hela kroppen. Om det var av rädsla eller av den bitande kylan var hon osäker på. Paniken hade sakta lagt sig och en form av acceptans fanns hos henne. Inte för att hon ville dö - hon förstod bara att situationen nu var omöjlig. Beatrice var en mycket psykotisk och farlig person.

"Du skall följa den väg som Gud vår Herre utstakat för dig - det äro din plikt. Du skall straffas för att vara Honom ovärdig."

Vilket svammel, tänkte Jenny och kände hur benen domnade i takt med att sömnmedlet tog henne till nya dimensioner. Hon skulle inte orka hålla sig vaken länge till och troligen skulle Beatrice begrava henne när hon väl fallit i dvala.

"Vi skall alla den vägen vandra. Himmel eller Helvetet - det avgör Fadern själv."

"Så du sköt" inledde Jenny och hostade sedan. "Så du sköt paret i lägenheten för att den mannen var otrogen? Varför? Han var inte ens en del av er församling."

Beatrice tog tag i Jennys armar, reste sig och släpade henne efter sig fram mot graven - tänkt att skänka Jenny den sista vilan. Jenny stretade frenetiskt emot med den lilla kraft hon hade men förgäves - hon fick finna sig i att nu ligga på mage framför den en och en halv meter djupa utgrävningen.

"Men Emilia var" sa Beatrice som åter satt på huk intill henne. "Hon biktade sig för Ralph - hon visste om att det var en synd att ha sex med en gift man."

"Sjätte budordet" viskade Jenny.

Beatrice såg imponerat på henne och drog luggen från Jennys ansikte. "Du kan din Bibel, lilla vän. Sjätte budordet - och de bröt mot det bägge två."

"Så du väntade på att de skulle komma hem och sen..." sa Jenny och stånkade medan hon lyckades resa sig upp med armbågarna till sittande. "...sköt du dem under sexakten och placerade dem i en symbolisk ställning?"

"Jag sköt inte" fnös Beatrice. "Gud sköt - Jag höll bara i pistolen. Han sa till mig hur de skulle placeras i sängen."

Jenny såg med sorgsna ögon på den gamla kvinnan och för en stund kände hon faktiskt ett medlidande för henne - så vilsen i sin sjukdom att hon inte skiljde på verklighet och vansinne. "Och Michaela?"

"Det viktigaste budordet om du frågar mig" svarade Beatrice och såg upp mot den sena kvällshimlen. "Michaela hade andra Gudar vid sidan av. Av kärlek - det berättade hon för Ralph - att det var av kärlek för sin man." Hon skakade på huvudet. "Ingen kärlek är större än den till Gud din Herre." Hon såg sedan åter på Jenny.

"Det är inte lämpligt att en Pastor bryter mot sin tystnadsplikt" mumlade Jenny.

"Lämpligt?" fnös Beatrice, tog ett hårt grepp om Jennys haka och stirrade henne i ögonen. "Det är inte lämpligt för en Pastor att knulla minderåriga i Kyrkans kapell heller men den förre verkade inte ha några problem med det." Hon log och stirrade djupt in i Jennys rädda ögon. "Var det så att han knullade dig med? Va? Knullade Pastorn sin lilla dotter?" Hon släppte taget om Jennys käke och skakade på huvudet.

282

"Lämpligt? Ska en sådan som du komma här och tala om vad som är moral och lämpligt?"

Jenny kände hur benen domnade bort än mer. Vad var det för starka sömntabletter som Beatrice fått i henne? Återigen låg ansiktet mot den kalla snön - tårarna frös på kinderna och ögonlocket stelnade.

Beatrice drog henne närmare kanten på graven, slet som om armarna skulle frigöra sig från kroppen men Jenny kände inte smärtan. Hon var som avskärmad från verkligheten.

"Jack" viskade hon med gråten i den hesa strupen. "Jack." Hon såg med små ögon och vidöppen mun på Beatrice som vägrade ge henne någon form av sympati.

"Vad säger du?"

Jenny tystnade.

"Det är dags nu, lilla vän" fortsatte Beatrice och stod åter på huk vid henne. "Dags att sova."

Jenny stretade emot men förgäves. Kraftlöst slog hon med armarna mot Beatrice men utan resultat. Beatrice tog sats en sista gång och såg sedan på medan Jenny försvann över klanten och ner i graven.

Jenny föll handlöst och landade framstupa i den snöleriga jorden. Hon satte händerna under sig men orkade inte pressa sig upp till sittande. Fingrarna sjönk ner i leran och färgade hennes blåfrusna händer smutsig brungrå nyans. Hon lyckades finna stöd och tryckte sig åt sidan så pass att hon kunde rulla över på rygg. Nu var all hennes kraft slut - utpumpat och besegrad låg hon och stirrade mot himlen medan snön föll i en allt snabbare takt.

Beatrices huvud dök upp vid gravkanten. Ondskefullt såg den gamle damen ner på sitt offer. Deras ögon möttes men Jenny var för svag för att tala. För svag för att göra ett sista försök att utmana henne. Sedan försvann hon. Jenny höll andan och stirrade oförmögen att blinka upp mot den plats Beatrice nyligen skådats.

Försvann hon? Lämnade hon Jenny där? Var det så att det fanns ett litet hopp kvar om att någon skulle passera förbi och finna henne där? Innan hon frös till döds? Kanske, tänkte hon. Kanske kommer Jack snart att undra var det blev av mig?

Så kände hon det första lasset slå mot låret. Snön singlade ner och smekte lätt hennes kinder och händer men detta - detta slog hårt mot hennes kropp. Det var inte snö - det var jord och grus. Beatrice skulle begrava henne levande. Hon skulle bli levande begravd.

JACK MOLIN såg på numret på mobiltelefonens skärm men kände inte till det. Kunde det vara från Karolinska? Gällde det hans far? Han satte telefonen till örat.

"Jack?"

I andra änden hördes Inspektör Nico Westers stämma. Jack hörde hur en underton av oro fanns i Nicos röst medan han frågade om Jack hade sällskap av Kommissarie Jenny Valentin?

"Nej - hon släppte av mig på hotellet." Jack tystnade medan Nico frågade var hon tagit vägen? "Hon skulle till Pastorns fru."

Ge dig av dit omgående, hörde han Nico skrika i den andra änden. Spring så fort du bara kan. Panikslagen lade Jack på samtalet och stirrade framför sig.

Fel gärningsman igen? Att han inte förstått det när det talades om kvinnans sjukdom? Och hur kunde han låta

Jenny åka över dit själv? Barfota sprang han genom korridoren, nedför trappan, vidare till entrén och ut i mörkret.

Skulle det vara för sent?

~ TRETTIONIO ~

MASSAN PRESSADE mot hennes bröstkorg medan Beatrice Milton med händerna skyfflade jordstänk efter jordstänk ner i graven. Kommissarie Jenny Valentin kämpade mot sömnen, kämpade mot tyngden - men inget verkade vara till hennes räddning. Grus, lera och jord träffade hennes ansikte. Håret låg lerigt runt hennes hjässa och en större sten hade brutit hennes näsben och blodet forsade nedför hennes ömmande kinder.

Beatrice såg ner över kanten. Deras ögon möttes på nytt där snart endast en liten del av Jenny skymtades under lagret av jord.

"Av jord är du kommen" väste hon. "Jord skall du åter bli."

Sedan fortsatte jorden att fall över kanten och ner på Jenny. Det var nu hon gav upp. Det var nu som allting skulle få ett slut. Hon kunde inte längre avgöra om hon var vaken eller sovandes. Om det var verklighet eller ännu en hemsk mardröm.

Hon hörde rösten. Hon hörde den lilla flickans nyfikna steg tåga över kyrkogården. Så lätta, så oskyldiga - så omedvetna om vilket liv som väntade. Den våta nattklänningen och de bara fötterna som tassade över de vassa stenarna. Håret som hängde ner över det lilla ansiktet. Rösten innanför de svarta portarna.

Jenny hade aldrig förstått varför hon just den natten känts sig kallad av den där rösten. Varför den natten av alla nätter? Var det så hennes öde hade utstakats? Kallades hon dit den natten för att skippa rättvisa - en plikt hon sedan varit trogen i sexton år? Låg hon där i gropen, begraven under jord för att hon en gång valde rättvisan? Var inte polisyrket hennes egna val?

Den lilla flickan log mot henne, lade sig intill henne där i graven och smekte försiktigt hennes hand. Hon vandrade inte in genom de svarta portarna för att skippa rättvisa - denna gång klev hon istället ner i graven och accepterade att man inte kan ställa allt tillrätta.

"Man kan inte utföra mirakel" viskade hon i Jennys öra. "Vi vigde vårat liv och vi försökte."

Jenny slöt sina ögon hårt medan det sista syret försvann.

JACK MOLIN sprang nedför gatan i riktning mot paret Miltons villa. Det lyste i fönstren så han tog för givet att Kommissarie Jenny Valentin befann sig där inne. Snälla, tänkte han. Snälla, låt henne vara vid liv. Han brydde sig inte om de formella artigheterna att knacka på utan slet med ett ryck upp dörren och fann sig själv stående i hallen.

Han hade fullkomligen glömt bort att det kunde röra sig om en beväpnad kvinna - en psykiskt instabil kvinna som mycket väl kunde vara beväpnad och förberedd.

288

Det passerade aldrig Jacks inre när han öppnade munnen..

"Hallå?" Tystnad. "Hallå, är det någon hemma?"

Tystnaden var allt som svarade honom. På en av hatthyllans krokar hängde Jennys röda vinterrock. Jack tog den till sig. Nog var den hennes alltid - han kände igen den tack vare att hon klagat på att en grisblodsfläck inte försvunnit från dess krage. Även Jennys kängor stod där intill ytterdörren. På en pall låg hennes handväska. Han tog upp den, stoppade ner handen och rotade bland sakerna. Då kände han det kalla stålet i handen - Jennys tjänstevapen. Han lyfte handen och såg på det. Varför hade hon lämnat det i handväskan?

Med vapnet i handen gick han vidare in i köket. Rundade diskbänken men ingen människa syntes till. Vidare in i ett bakomliggande rum men inte heller här fann han någon ligga och trycka. Han kände paniken återigen stiga medan han tog sig in i vardagsrummet. På mahognymordet stod två tekoppar, den ena vält på sidan.

Gömde de sig på övervåningen? Trappan knarrade under honom medan han försiktig tog sig upp på den nedsläckta våningen. Ingen i korridoren, ingen i badrummet och ingen i sovrummet. Var befann de sig? Han gick åter ner på undervåningen - stod förtvivlad i hallen medan han hörde de första sirenerna närma sig i fjärran.

Han gick ut genom dörren och vidare ut på gatan, snurrade några varv och såg sedan några konstiga former i snön borta vid kyrkomuren. På ett ställe hade snövallen tryckts undan. När han kom närmare såg han handavtryck i snön och sedan något som såg ut som om någon släpat något. Ett fåtal nygjorda skoavtryck längst det mystiska spåret. Det måste vara dem? tänkte han och följde spåret runt kyrkan samtidigt som det blå skenet från polisbilarna svängde in på paret Miltons gata.

Lite längre bort såg han gestalten av någon sitta på knä vid en jordhög. Det såg ut som om personen skyfflade jorden framför sig. Med snabba steg tog han sig närmare och när bara några meter återstod så höjde han vapnet, riktade det emot den mörka figuren och skrek.

"Lägg av med det där."

Kvinnan såg med ett ryck bort mot honom och upphörde med det hon gjorde. Jack tog stegen närmare - med full uppmärksamhet höll han vapnet riktat mot kvinnan. Fyra meter återstod - han väjde för en av gravstenarna och kom sedan fram till vad han plötsligt såg var en utgrävd grav. Kvinnan stirrade på honom.

Han såg på henne, tog sedan ett steg närmare. Fortsatt med vapnet riktat mot henne såg han ner i den leriga gyttjan i graven. Hans hjärta stannade för en stund då han såg handen som stack upp ur lervällingen. Var det Jenny?

Paniken spred sig i hans kropp. Med ilska stirrade han åter på den gamle damen.

"Vad fan har du gjort?"

Kvinnan log. "Vi har utfört Guds tjänster."

Jack osäkrade vapnet och höjde det sedan över huvudet. Skottet ekade ut i den tysta natten. Kvinnan ställde sig upp och tog några steg bakåt.

"Stanna där" skrek Jack och riktade åter vapnet mot henne. "Du stannar fan där."

Återigen höjde han vapnet. Ett nytt skott ekade och han hoppades att poliserna som anlänt till Miltons villa åberopades hans uppmärksamhet. Kvinnan tog till flykten.

"Stanna" skrek han. "Jag skjuter."

I blindo avlossade han ett skott mot den flyende kvinnan. Sekunden senare hördes hennes skrik och hon föll till marken. Var hade han träffat henne? Skulle han komma att ha mördat en annan människa? Polisen stormade platsen med dragna vapen och ljuset från deras ficklampor bländade honom.

"Släpp vapnet" skrek en konstapel.

Jack gjorde som han blev ombedd och lät pistolen landa i snön. Med händerna över huvudet vädjade han dem att hjälpa personen i graven.

"Det finns en person skadad här" skrek han tillbaka till poliserna som knäböjde intill den skottskadade Beatrice. "Hon finns här i en grav." Han sänkte armarna och klev ner i graven medan poliserna närmade sig honom. Med händerna skyfflade han undan jord, grus och lera medan tårarna föll för hans kinder. Snälla, låt henne leva, tänkte han. Jag ber dig, Gud.

"Vi behöver två ambulanser" sa en polisman till sin kvinnliga kollega och klev ner i graven för att hjälpa Jack.

Tillsammans skyfflade de undan leran till dess att Jennys blodiga och smutsiga ansikte skymtades. Polisernas ficklampor lyste upp hennes sargade ansikte som antagit en blå nyans. Jack snyftade medan de fick bort den sista jord som låg över hennes bröstkorg.

På ren instinkt pressade han hennes huvud bakåt, satte ena handen under hennes haka och den andra runt den

291

skadade näsan, lutade sig framåt och blåste med all sin kraft in i hennes mun. Han upprepade proceduren och lät polismannen utföra bröstkorgspressningen.

De frasiga och kalla läpparna blandat med smaken av blod och lera - Jack kände plösligt hur Jennys läppar rörde sig. En hostning och så öppnades hennes ögon. Först en panikslagen blick i de blodröda ögonen men sedan drog hon en djup lättnadens suck då hon insåg vem som satt på knä intill henne.

"Tack gode Gud" sa Jack och smekte bort luggen från hennes ansikte.

"Du kom" sa hon med hes stämma. "Du..."

"Tala inte" sa han lätt och tog hennes hand medan poliserna kontrollerade hennes tillstånd. "Det är över nu."

Tillsammans lyfte de upp Jenny ur graven och slog filtar om henne för att få igång blodcirkulationen och värma den kraftig nedkylda kroppen. Minuterna senare rullade en ambulans fram till kyrkogården och sjukvårdare kunde äntligen se om den skakade och chockade Kommissarien. Jack stod intill henne där hon fördes upp på en brits och vidare in i ambulansens innanmäte.

Hon såg på sin hjälte och log stilla. Den lilla flickan hade haft fel - man kan utföra mirakel.

~ FYRTIO ~

NÄSTAN TVÅ veckor hade passerat sedan Kommissarie Jenny Valentin begravts levande av den psykiskt sjuke seriemördaren Beatrice Milton. Sedan barnsben hade hon följt med sin far på flertalet begravningsceremonier men hon hade aldrig föreställt sig att få uppleva sin egen.

Hon stod framför spegeln i badrummet - iklädd trosor och BH. Blåmärkena på armarna hade successivt försvunnit med tiden och den sargade näsan var så gott som läkt. Hon kände sig trots allt utvilad och hade inte arbetat en dag sedan den hemska händelsen.

Det var julaftons morgon och hon skulle iväg till sin syster för att fira. Inne i sovrummet klädde hon sig i en röd klänning och satte upp håret i en tofs. Hon skulle inte bara fira Julen, inte bara fira Jesus Kristus födelse - hon skulle även fira att hon var där och fick uppleva det hela.

I vardagsrummet satt Jack Molin. Jenny log där hon stod i dörröppningen och såg på hur han skrev frenetiskt på laptoppen. Han höjde blicken och såg på henne.

"Herre min gud, va du är vacker" sa han.

Hon skakade på huvudet, satte pekfingret ovanpå läpparna och hyschade. "Andra budordet" sa hon. "Du skall icke missbruka Herrens namn."

Jack skrattade. "Jo - om det gäller att kommentera hans vackraste skapelse."

Hon slog sig ner i soffan bredvid honom och såg på datorskärmen. "Du har kommit långt?"

Han nickade.

Varje tidning i landet hade köpt hans historia om den galne mördaren som trodde sig vara Guds tjänsteman - en lakej utsänd för att straffa de syndande. Nu arbetade han på det som skulle komma att bli en bok om upplevelsen. I den fanns det detaljer som han aldrig skrivit i tidningarna. Till en början hade han känt det som att han utnyttjade en svår situation och drog nytta av det som hände Jenny. Men när hon övertygade honom om att en bok var en mycket bra idé och dessutom en väldigt inkomstbringande sådan så hade han påbörjat arbetet.

"Vad tror du hon tänker på?" frågade hon och lutade huvudet mot hans axel.

"Vem?"

"Beatrice Milton."

Jack höjde på ögonbrynen och skakade på huvudet.

"Det är Julafton och hon sitter nere i häktet i väntan på en livstids fängelsedom. Jag menar - tror du att hon tänker på det? Ångrar sig?"

Jack drog ett djupt andetag och funderade. "Jag vet inte."

"Om det var sjukdomen som fick henne att göra detta - kan det vara så att hon ibland blir sitt vanliga gamla jag och då faktiskt funderar på vad som egentligen hände? Eller är hon sjuk hela tiden?"

Jack visste inte. Och inte heller kände han någon empati för Beatrice Milton. Visst kunde det vara sjukdomen som fick henne att utföra handlingarna - men man är alltid ansvarig för sina handlingar. Vissa stunder önskade han att skottet han avlossat varit ett dödande sådant.

"Tror du att Ralph visste?" frågade han.

Hon ryckte på axlarna. "Absolut att han måste ha anat det. Offren som dog var de som biktat sig inför honom och som han sedan berättat om hemma vid middagarna - klart han måste ha lagt ihop ett plus ett."

"Kan ni bevisa det?"

Hon skakade på huvudet. "Jag vet inte. Han har inte mördat någon. Han har inte berättat det för henne för att få henne att mörda. Visserligen så tillhör vapnet vid skjutningen hans ägo och enligt lag skall alla jägare och andra med vapenlicens ha sina vapen inlåsta för att hindra obehöriga." Hon reste sig ur soffan. "Så visst har han del i det som hände men att han blir fälld för det? Nej, det har jag svårt att se."

Han nickade. Man kan ju alltid önska, tänkte han. Några rader till hann han skriva innan han slog ihop laptoppen. Jenny kom tillbaka med värmd glögg.

"Varsågod."

Hon slog sig åter ner i soffan, lutade sig fram och tände ljusen i adventsljusstaken. Hon såg på honom och log. "Skål då." Hon höjde den lilla koppen och lät den klingande slå i hans.

MALIN VALENTIN öppnade leende dörren.

"Välkomna" sa hon och kramade om Kommissarie Jenny Valentin innan hon såg på Jack Molin. "Jaha, så här har vi honom? Den enda som lyckats fånga min systers hjärta." Hon drog honom till sig i en välkomnade omfamning.

"Här är han" log Jenny. "Min hjälte."

"Kom in i värmen nu."

Jack tog av sig jackan och kängorna och hälsade sedan på Malins man Johan Valentin innan den lilla Moa Valentin kom springande ut i hallen.

"Jenny" ropade hon och kastade sig i Jennys famn.

"Hej lilla skrutt" sa Jenny och slog armarna om henne.

Vidare väntade ett julbord med alla dess delikatesser, öl och en och annan snaps. Kalle och Hans Vänner och efter det fick den otåliga Moa äntligen riva loss på julklapparna. Jack log där han satt intill Jenny i den stora soffan. Han hade aldrig tidigare firat en Jul på detta sätt - inte som en stor familj sedan den dagen hans mor gick bort.

"Hur är det?" frågade Jenny och smuttade på glöggen.

Han nickade och log. "Det är mycket bra." Han drog bort hennes lugg från ansiktet. "Hur mår du?"

"Aldrig mått bättre" sa hon, lutade sig och kysste hans kind. "Aldrig någonsin."

De höll varandras händer medan den lycklige Moa sprang runt i rummet och slutligen hoppade i sina föräldrars famn för att tacka för den gunghäst hon fått. Jenny log. Detta var ett liv hon nu kunde tänka sig. Hus och familj - en egen liten Moa som sprang runt, allt det där med Jack. Honom kände hon sig säker på.

Moa satte sig i hennes knä med en blädderbok. Den vita klänningen, de bara fötterna, det vackert ljusa håret. När hon såg upp på sin moster såg hon precis ut som den lilla flickan från drömmarna.

Hon var på pricken lik den yngre versionen av Jenny.

Tack till
Rebecca, Martina, Thomas, Lena

Tidigare utgivet av Kristoffer Cruz Andersson

Rikemansmordet (2009)
Déjà Vu (2016)